ベリーズ文庫

極上パイロットはあふれる激情で新妻を愛し貫く
～お前のすべてが愛おしい～

佐倉伊織

STARTS
スターツ出版株式会社

目次

極上パイロットはあふれる激情で新妻を愛し貫く～お前のすべてが愛おしい～

極上パイロットはあふれる激情で新妻を愛し貫く～お前のすべてが愛おしい～

プロローグ

長く、そして無骨《ぶこつ》な指が、私の肌をスーッと撫《な》でる。

まるで熱でも出したときのように全身が熱く、とろとろに溶けてしまいそうだ。

「ん……」

「鞠花《まりか》」

切なげな声で名を呼ぶ彼は、情欲を纏《まと》った瞳で私を見つめ、はぁーっと深いため息を落とす。

見つめられるのが恥ずかしくてたまらないのに、視線をそらせない。いや、彼の強い眼差しがそらさせてくれないのだ。

そうしているうちに、彼は私の右手を取り、甲にチュッと音を立ててキスをしたかと思うと、指先を口に含んだ。

わざとなのだろうか、私に見せつけるようにおいしそうに舌を巻きつける彼は、ときにはヌチャッと淫猥《いんわい》な音をさせ、ときには軽く歯を立てた。その姿がゾクゾクするほどなまめかしくて、鼓動が勢いを増していく。

もう、これ以上は無理。心臓が破れて死んでしまいそうだ。それに体の奥が熱くてたまらない。こんな感覚知らない。

怖くなってそっと手を引こうとしたのに、がっしりとつかまってしまった。

「どうして逃げるの？」

「えっ？」

「逃がさないよ」

威圧的な物言いなのに、彼の表情は穏やかだ。

「逃げたりしません。だって……」

「だって？」

「好き、だから」

あふれてくる気持ちが自然と口からこぼれる。すると目を見開いた彼は、私の頬を大きな手で優しく包み込んだ。

「俺も、好き。一生離さないから覚悟して」

「あっ……」

唇が重なった瞬間、太ももの内側を撫でられて声が漏れる。

「なあ、鞠花。優しくしたいからこれ以上煽《あお》らないで」

「煽ってなんて……」

そんなつもりはまったくない。いや、煽るなんてどうしたらいいのかわからない。

「煽ってるじゃないか。ほら」

彼はそう言うと、額に唇を押しつける。

「ここも」

次はまぶたに。

「ここもだ」

頬に。

「ここまで」

そして耳朶《じだ》を甘噛《あまが》みした。

「真っ赤にして。こんな姿を見て、我慢できると思う?」

「そんな……。し、知らない」

あなたが赤く染めたのに、どうしろというの?

恥ずかしさのあまり顔をそむけたのに、すぐに顎《あご》をすくわれて向き合わなくてはならなくなった。

「かわいすぎるんだよ」

冗談を言っているのかと思いきや、彼の顔は真剣そのものだ。

「好きだよ、鞠花」

もう一度愛の言葉をささやいた彼は、私の唇を奪った。

——こんな情熱的な彼との出会いは、もう何年も前にさかのぼる。

初恋の彼

ここ、東京《とうきょう》国際空港——通称羽田《はねだ》空港の空は晴れ渡っている。

離着陸が繰り返される滑走路は、九月に入った今日も太陽の光の照り返しが強く、しっかり日焼け止めを塗っていても焼けてしまう。

「フライト、お疲れさまでした。なにか異常はありませんでしたか？」

エプロン——駐機場に停まったＢ７８７の機内で、四十二歳になるベテラン整備士の池尻《いけじり》さんが、袖に四本線の入ったパイロットの制服に身を包んだ機長に尋ねた。

池尻さんは新米整備士の私、夏目《なつめ》鞠花の指導係だ。

「はい、とてもいいフライトでした」

笑顔でそう答えた機長はフライトログ——航空日誌に署名して池尻さんに機体を引き継ぐ。

フライトログは飛行記録や整備作業の履歴が記されたもので、電子化されてからとても便利になったのだそうだ。整備終了まで整備士が預かって点検や修理の履歴を書き込み、次のフライトを担当する機長に引き継ぐ。

ふたりの会話に、機長のうしろに控える副操縦士——コーパイの岸本広夢《きしもとひろむ》さんが真剣な表情で耳をそばだてていた。

二十二歳の私より三歳年上の彼は、百八十センチ以上はあるだろうか。見上げるほど背が高く、二重のキリッとした目が印象的。羽田での一年間の地上勤務後、アメリカでの厳しいパイロット訓練を優秀な成績でクリアしたエリートだ。

帰国してから十カ月ほどの副操縦士任用訓練をパスして、コーパイとなってまだ日が浅い。

かく言う私も、大学を卒業して彼が所属する『FJA航空《エフジェイエイこうくう》』の子会社、『FJAメンテナンス』の整備士となってまだ五カ月の新米。先月ようやく基礎研修を終えて現場に出るようになったばかりで、池尻さんに仕事を叩《たた》き込まれている最中だ。

パイロットも整備士も、操縦や整備ができる資格——ライセンスを機種別に取得しなければならない。

整備士はまず、基礎的な技量を必要とする社内資格、初級整備士の取得を目指す。一人前の整備士になるには、その後も社内資格や国家資格などクリアしなければならないものが山ほどあり、先輩整備士たちも日々必死になって勉強している。

ちなみに私は、FJA航空で保有数ナンバーワンを誇るB787のライセンス取得を目指すつもりだ。

最先端の技術が注ぎ込まれているB787は、機体の素材の五十パーセント以上が、日本の会社が開発した炭素繊維を使った炭素繊維強化プラスチックでできていて、軽いのが特徴。そのためとても燃費のよい飛行機でもある。

岸本さんもB787のライセンスを取得したようで、内心大喜びしている。彼は私の初恋の人だから。……もちろん、ただの片思いなのだけど。

「それでは整備に入ります」

「よろしくお願いします」

機長はにこやかに微笑《ほほえ》んで、機外に出ていった。岸本さんも軽く会釈《えしゃく》をして続く。

気づかなかったか……。

新米用の黄色いヘルメットを深くかぶり、ガタイのいい池尻さんの背中に隠れ気味になっていた私に目もくれなかった。いや、存在自体はもちろん気づいていたはずだけれど。

実は彼は、大学の先輩なのだ。まさか、私が整備士をしているとは思ってもいないだろうから仕方がないか。

さすがに仕事中に馴《な》れ馴れしく話しかけることもできず、彼のうしろ姿を見送った。

相変わらず素敵だったな。

久しぶりに見た岸本さんの姿に、口元が緩んでくる。

背の高い彼は狭いコックピットでは窮屈そうだなとか、少し色素の薄い瞳は太陽の光がまぶしくないのかなとか、勝手に想像し放題。

前髪が目にかかっていた大学の頃より髪は短く整えられているものの、それが彼の凛々《りり》しい顔を際立たせている。

大学時代、眉目秀麗《びもくしゅうれい》な彼が歩くと、自然と女性の輪ができると噂《うわさ》されるほど岸本さんは注目を浴びていた。それなのに浮ついたところは微塵《みじん》もなく、勉強もできて卒業式では総代を務めたというエリートだ。

「夏目、シートベルトの修理して」

「すぐに」

もうひとりの整備士、三つ年上の井上《いのうえ》さんに指摘されて慌てて動きだした。岸本さんほど背は高くない彼だけど、作業着の袖をまくり上げると筋肉質な腕がのぞく。力があるので、重い物も涼しい顔で運んでくれる頼もしい先輩だ。軽快な会話で場を盛り上げるのもうまく、いつも笑わせてもらっている。

到着した機体の点検、整備を次のフライトまでの間に行うライン整備は、大型機でも基本的に二名の整備士で担当する。私は研修中の身なので完全におまけ。足手まといでないことを願っている。

あらかじめ連絡が入っていたシートベルトの修理に取りかかると、池尻さんはキャビンアテンダントにほかに不具合はないか聞き取りを始めた。

最近太って淡いブルーの作業着がきついと気にしている池尻さんだけど、手先が器用で、B777とB787の整備のライセンスを持つ。しかも難関の国家資格、一等航空整備士を取得している大ベテランだ。

「夏目、できそうか？」

「はい。問題ありません」

「それじゃあ任せた」

池尻さんは、コックピットに入っていった。

黙々と作業をしていると、いつの間にか額に汗が浮かんでいる。

外での作業も多いため日焼け止めだけは欠かさず塗るが、軽くファンデーションをのせるだけでほとんどすっぴん。汗で流れてしまうのでメイクはあまり意味がない。

胸のあたりまである長いストレートの髪は作業の邪魔にならないようにひとつに束ねているけれど、ヘルメットをかぶっているとシャワーを浴びたあとのように汗で濡れてしまうこともしばしばだ。

身だしなみを整えることも仕事の一環であるキャビンアテンダントの隣には、正直並びたくない。彼女たちは、すらりとした体形に整えられた髪型。きれいにメイクを施したモデルのような美人ばかり。

一方、百五十四センチという小柄な私は、汗を流すだけでなく、時々修理で油まみれになった手で顔をこすってしまい、『鏡見てこい。真っ黒だ』と池尻さんに茶化されるありさま。

とはいえ、整備士になるのは大学在籍中からの夢だったため、仕事には誇りを持っている。

今回はシートベルト以外の故障はなく、次のパイロットに機体を託せそうで胸を撫で下ろした。

池尻さんがフライトログに署名をして、パイロットとの引き継ぎを始める。

飛行機を飛ばすのはパイロットの仕事。しかし、この整備士の署名がないと飛べず、この引き継ぎは〝Ship Release〟と呼ばれている。パイロットに機体を託すというような感覚だ。

「Ship normal です」

池尻さんが機長にそう告げ、私たちは機外へと出た。

その後、出発ギリギリまで地上から目視で様々なチェックを行い、滑走路に向かう飛行機に手を振ってお見送りする。乗客が窓から手を振り返してくれる姿もよく見えて、とてもうれしい時間だ。

私は飛行機が滑走路からフワッと飛び立つ瞬間まで見届けてから、オフィスに戻った。まだ点検についての書類作成が残っている。

早番だった今日は、十七時で業務終了。作業着を着替えて、帰宅するために駅へと急ぐ。

整備士は八時から十七時の早番、十五時から二十四時の遅番、二十一時から翌朝九時の夜勤、そして夜勤明けが一日、休日二日という、四勤二休のサイクルで働いており、明日は遅番の予定。今日は多少夜更かしもできるので、帰ったら勉強するつもりなのだ。

整備士は国家資格である一等航空整備士を目指して皆勉強に励む。

一等航空整備士になるには四年以上の整備実務経験が必須なため、私には……。

「あー、もう！　余計なこと考えない」

沈みそうな自分の気持ちにかつを入れる。今は夢だった航空整備士として働けるだけで幸せ。少しでも役立てるように頑張るのみだ。

「あっ」

そのとき、うしろから私を追い越していった脚の長い男性に目が釘付《くぎづ》けになった。白いシャツにジャケットを羽織り、黒のスラックス姿。パイロットは制服のジャケットだけ着替えて出退勤するケースが多く、彼もおそらくパイロットだろう。しかもあのうしろ姿は、岸本さんだ。間違いない。

彼も先ほどのフライトで業務が終了して、駅へと向かっているようだ。

パイロットはハイヤーで出退勤という時代もあったが、今はフライトの予定があるパイロット以外はタクシーやハイヤーの使用は認められていない。そのため、私と同じように電車で帰宅するのかも。

追いかけたい衝動に駆られたものの、ほんの少しの勇気が出なかった。もし、誰？という顔をされたら立ち直れないかもしれないと怖かったのだ。

大学で初めて会ったあの日から、ずっと恋い焦《こ》がれているのに——。

彼は私の心を解放してくれた恩人なのだ。

無事に訓練が終了してコーパイとして乗務し始めたと耳にしたときは、早く会いたい気持ちが前面に出ていたけれど、いざこうして目の前にいると怖気《おじけ》づいてしまう。

私にとって岸本さんはあこがれの人でも、彼にとっては、大学時代に同じ自動車部に所属していたただの後輩でしかないのだし。

自動車部は、砂利の競技場でタイムを競うダートトライアルなどの競技に参加するのを目的としたサークルで、私は整備担当だった。彼はその頃から運転の素質があったのか、整備だけでなくドライバーとしても優秀だったとか。

私が入学したときに岸本さんはすでに四年生。部には時々顔を出すだけでほとんど活動はしておらず、私も会話を交わしたのは数回しかない。

そんな彼とようやく接近できるチャンスが巡《めぐ》ってきたのに、目の前を歩く彼はどんどん離れていってしまう。

せめてもう少しだけ近づきたいと思い、足を速めようとしたとき、「岸本くん」と彼を呼ぶ女性が、私の隣を駆けていった。

すると岸本さんは足を止め、振り返って彼女に応えるように軽く手をあげる。彼女が追いつくと、ふたりで肩を並べて歩き始めた。

恋人、なのかな……。

おそらく今の女性は、キャビンアテンダントだ。私服姿ではあるけれど、完璧なメイクと夜会巻きに整えられた髪型。間違いないだろう。

岸本さんはあこがれの人で、いつかこの想いを伝えたい気持ちはある。

一日だけでいいから、岸本さんの彼女になりたい。そんな願望はあっても、私など相手にしてもらえるはずもなく、きっとその願いが叶《かな》う日は来ない。

頭ではそうわかっていても、目の前で女性と親しげにしている姿を見ると、さすがにへこむ。

私は彼と出会えたおかげで、今、航空整備という好きな仕事に携われている。見習いという立場では、とてもあの飛行機の安全を自分が守っているとは口にできないけれど、その一端を担えていると思うだけで頬が緩むほどうれしい。

それで十分じゃない。

自分にそう言い聞かせるも、胸の痛みは増すばかり。

人間というものは、どうしてこんなに欲深いのだろう。ひとつ願いが叶うと、もうひとつと望んでしまう。

ふたりの仲睦《なかむつ》まじい姿を見ているのがいたたまれなくなって、しばらく時間を潰してから駅に向かった。

当然ホームにも電車内にも岸本さんの姿はないのに、キョロキョロ捜してしまう。

「バカね」

もしいたとしても、きっとあの女性と一緒なのに。

勉強しよ。

頭の中が岸本さんでいっぱいでは苦しいだけだ。

滑り込んできた電車に乗った私は、ポケットにつっこんである自主勉強用のメモを取り出して目を落とした。


それからしばらく、岸本さんの姿を見かけることはなかった。

ライン整備を担当していると、パイロットと接触する機会は多い。とはいえ、FJA航空は一日に千便も飛ばしているので、岸本さんが操縦かんを握る便を担当できる確率はかなり低いのだ。

夜勤だったその日は、二十一時前に出勤して、ブリーフィングと言われる打ち合わせのあと、まずは羽田ステイ便のタイヤ交換を担当することになった。

B787のタイヤは前輪が二本、後輪が片側四本ずつの計十本。三百五十回程度離着陸したあと、リトレッド——摩耗《まもう》したタイヤに新しいゴムを貼りつけて再び使用する——を三回繰り返せる。

そのリトレッドをタイヤメーカーに依頼するために交換するのだ。

Ｂ７８７のタイヤの外径は約百三十センチ、幅は約五十センチで、昔よりずいぶん軽くなったとはいえ、重さは約百キログラムある。

そのため、身長が百五十四センチしかない私は近くに行くだけで圧倒される。

それでも、あの大きな機体を離着陸させるには小さいと感じたのが、初めて近くで見たときの感想だ。なにせ二百トンもの重さをたった十本のタイヤで支えるのだから。

私たち新人は、まずこのタイヤ交換を任せられるようになるのが目標だ。

「夏目、工具の点検したか？」

「はい、しました」

池尻さんに尋ねられて即答した。すると彼は私の工具を改めてチェックし始める。

私たち整備士にとって工具はとても大切なもの。三十種類ほどの基本の工具が入った専用の工具箱をひとりずつ与えられていて、鍵をかけるのが必須だ。

中の工具の一本一本に保管位置が決めてあり、なくしたときにすぐにわかるようにしっかり数えてある。万が一飛行機の中に忘れてしまったら事故につながる恐れがあるからだ。たとえ小さなねじひとつでも、紛失したら見つかるまで全員で捜す。

「よし。まずはタイヤ交換だ。夏目が主導してやってみろ」

「わかりました」

朝までにやることはたくさんある。手際よくやらなければ間に合わない。

私は気持ちを引き締めて作業に向かった。

しかし……。

「遅いぞ」

「すみません」

タイヤ交換は基本的に三人ひと組になって作業をするが、特殊な機械があるため、百キログラムあろうともひとりで取り外し可能だ。とはいえ、ボルトは池尻さんたちの力も借りながら手動で締めたり緩めたりしなければならないので、何本もやっているとスピードが落ちてきてしまう。

しかもただ締めればいいわけではない。トルク値という締めつける力が決められていて、その通りにしなくてはならないのだ。

ボルトを締める作業ひとつでも、決して簡単ではない。

「間に合わない。代われ」

「すみません」

私をサポートするように動いていた池尻さんが、しびれを切らして交代した。

ダメだった……。

基本の作業すら合格をもらえないことに肩を落とす。

「よし、タイヤはこれで終了。夏目。丁寧な作業は重要だ。でも、今のペースでやっていたら、いつまでたっても飛べないぞ。一便遅れが出ると大変なことになるのはわかってるだろ?」

「はい、すみません」

もう謝罪の言葉しか出てこない。

故障が見つかれば、どれだけ出発が遅れようが、たとえ欠航になろうが修理するのが整備士の仕事。けれども、自分の作業のせいで遅らせるわけには絶対にいかない。

「まあ、そんなに落ち込むな。皆、通る道だ。適当にやって、ボルトが緩いよりはずっといい」

悲壮感を漂わせていたからだろうか、池尻さんが励ましてくれる。

「いえ。おっしゃる通りです。もっと頑張ります」

「うん。夏目、早く資格を取りたいのはわかるけど、焦りすぎに見える。休憩時間もずっと勉強してるじゃないか。休まないといい仕事はできないぞ」

「はい」

池尻さんの言う通りだ。自分には時間がないと焦るばかりに、無理をしすぎているかもしれない。

「よし。気分を入れ替えて。次は、コーヒーメーカーの修理だ」

「わかりました」

私は手早く工具を片づけて、次は機内へ向かった。

夜勤には休憩が二度ある。食事をとったり過眠したりする人も多いが、私は栄養補助食品を片手に、ボルトの締め方のおさらいをしていた。

単に力任せにすればいいのではない。ボルトが締まるメカニズムを理解し、摩擦力や軸力といったことを考慮して作業にあたる。経験を積むと、ある程度は感覚でわかるようになるらしいが、私にはまだ無理なのだ。

「タイヤ交換もまともにできないんだって？　これだから女は」

嫌みを口にするのは、一等航空整備士の矢野《やの》さんだ。白髪交じりの五十代後半の彼は整備士の中でもベテラン中のベテランで、池尻さんも頭が上がらない。ただ、少し昔かたぎなところがあり、女性が整備に携わるのを快く思っていないようだ。

女性整備士は、増えてきたとはいえ三千人中百五十人程度しかいない。彼が働き始めた頃は男性ばかりだったに違いない。そこに女性が進出してきて、職場を汚されたような気がしているのかも。

男性には力では敵《かな》わないところもあるけれど、女性だからとなにか特別な配慮をしてもらっているわけではなく、『これだから女は』と言われるのは悔しい。

けれども未熟なのには違いなく、言い返すことなく唇を噛《か》みしめた。

「夏目、気にするな。あの人、昔からああなんだ。新人いびりが大好きっていうか」

すっと寄ってきてつぶやいたのは、先輩の井上さんだ。

「力不足なのには違いないので、もっと頑張ります」

「夏目は頑張ってるよ。それよりお前、ちゃんと休憩しろ」

「ありがとうございます」

大丈夫だ。池尻さんや井上さんのように、努力を見ていてくれる人もいる。

そう思ったら苦々しい気持ちが抜けていき、笑顔になれた。

この仕事の醍醐味《だいごみ》は、自分が整備した飛行機が飛び立つ瞬間を目の前で見られること。

今朝も、タイヤ交換をしたB787が朝日を浴びながら伊丹《いたみ》へと旅立っていった。

「お疲れさまでした」

仕事がうまくいかなかった上、矢野さんから嫌みを食らった今日は、やはり気分が下降気味。そのため、着替えを済ませたあと展望デッキに向かうことにした。このまま帰宅しても、もやもやが消えない気がしたのだ。

大好きな飛行機を見てリラックスしたい。――なんて、毎日散々間近で見ているし、機体に触れてもいるのにおかしいかもしれない。けれど仕事を離れて頭を空っぽにした状態で眺める景色は、私の癒《いや》しなのだ。

ターミナルを歩いていると、これから飛び立つであろうクルー一行が歩いてくるのが見えた。その先頭にいるパイロットのひとりが、三本線が入った制服を纏った岸本さんだった。

思いがけず会えたことに胸が躍るけれど、すでに業務中の彼に話しかけることはできない。どこに飛ぶのだろうと思いを馳《は》せながら、こっそり観察していた。するとと、五歳くらいの男の子がお母さんの手を振り切って、クルーたちの前に駆けていく。

「こら、直樹《なおき》。ダメよ！」

お母さんが慌てて止めるが間に合わない。

男の子に気づいた岸本さんは足を止めた上、彼の目線に合うように腰を折ってにっこり微笑む。ほかのクルーたちはそのまま進んでいった。

「すみません」

「少しなら大丈夫ですよ」

「かっこいー」

「ありがとう。直樹くんもかっこいいよ」

彼は制帽を脱ぐと、直樹くんにかぶせてあげた。

優しい対応は大学の頃から変わらない。こうして話しかけられるのを嫌うパイロットもいるが、岸本さんは終始笑顔で応えている。

「すご。ねぇ、一緒に写真撮って！」

「いいよ」

直樹くんのお願いをあっさり承諾している。

「申し訳ありません。いいんですか？」

「もちろん、どうぞ」

恐縮するお母さんに快諾した岸本さんは、直樹くんを抱っこした。ふたりで写真に収まった直樹くんの目が輝いている。

「ありがとうございます。この子、飛行機が大好きで。パイロットになりたいと」

「そっか。勉強いっぱい頑張って、いつか一緒に飛ぼうな」

「それでは、フライトがありますので」

制帽を返してもらった岸本さんは、直樹くんの頭を優しく撫でてから颯爽《さっそう》と歩き去った。

「すごいすごい。僕、ＦＪＡのパイロットになる！」

興奮気味にお母さんに伝える直樹くんを見ているとほっこりする。岸本さんのちょっとした配慮が彼の夢をあと押ししたのだ。

いつか直樹くんが、本当にＦＪＡのパイロットとして入社してきたらどんなに素晴らしいか。

岸本さんの相変わらずの優しい姿に満足した私は、沈んでいた気持ちが上昇してくるのを感じた。

少し嫌みを言われたくらいで立ち止まっている暇はない。悔しいなら今よりもっと努力すればいいじゃない。

それから向かった展望デッキで、空に飛び立っていく飛行機を眺めながら気持ちを整える。

うろこ雲が広がりだした空は高い。この広い空には無数の航空機が飛んでいる。

「岸本さん、どれだろ？」

B787が何機もエプロンに停まっていて、グランドハンドリング——通称グラハンのスタッフが荷物を運び入れている。

岸本さんがどの機体に搭乗するのかはわからないけれど、無事の飛行を願いながら空港をあとにした。

休日はいつも睡眠をたっぷりとって体を休め、あとは勉強に励む。

飛行機を降りるその日まで、延々と試験が続くパイロットと同じように、整備士も生涯勉強だ。

皆、国家資格である一等航空整備士を目指すのは同じだが、機種別のライセンスをいくつも取得する人が多い。あとは池尻さんのように、フライトログにサインをして運航を承認する立場になるのにも、社内資格をクリアしなければならない。

しかも、エンジンやコックピット内の電子機器は当然として、先日修理したコーヒーメーカーのような備品まですべて修理できなければならないため、とにかく覚えることだらけなのだ。

休日明けの早番では、早朝の到着便から担当した。

座席テーブルの故障を修理したが、ほかは異常なし。離陸を見守ったあと、一旦オフィスに戻った。

「だから、いちいち泣くな。これだから女は面倒なんだよ！」

そんな罵声《ばせい》が耳に飛び込んできて顔が引きつる。先日嫌みをぶつけてきた矢野さんの声だったからだ。

「どうしたんですか？」

眉間にしわを寄せて遠巻きに事態を見守る先輩に尋ねた。

「それが、臼井《うすい》の体調がよくないらしくて、早退を申し出たら、来た早々帰るなんてと矢野さんが」

「臼井さん、顔が真っ青」

臼井さんはひとつ年上の女性。彼女は航空系の専門学校を卒業しているため私よりずっと知識があり、いろいろ教えてもらっている。

真面目な人で、早退を申し出るなんてよほどのことだろう。顔色の悪さがそれを物語っているのに、矢野さんの言い方はさすがにひどい。

私は臼井さんのところに駆け寄った。

「大丈夫ですか？」

「……うん、大丈夫。ごめん」

つらそうな顔をしているのに大丈夫だと返すのは、矢野さんの発言がこたえたからに違いない。

「女同士、そうやって慰め合っていればいいさ。だけど、ここにはいらないんだよ！」

冷たく言い捨てる矢野さんは、私たちになんの恨みがあるのだろう。さすがに我慢できない。

「矢野さんは、体調が悪くなることはないんですか？　今まで一度もお休みしたことがないのでしょうか」

私の反論が意外だったのか、彼は目を丸くしている。

「女がどうとか、今、関係ありますか？　私たち、女だからという理由で仕事ができないと言ったことは一度もないつもりです」

何度も理不尽な言いがかりをつけられてきたのもあって、感情が爆発してしまった。

「生意気なんだよ！　大体、そんな長い髪して、邪魔だ！」

髪はたしかに長いけれど、いつもひとつに束ねていて業務に支障をきたしたことはないと断言できる。完全にとばっちりだ。

「そうですか」

私はあたりを見回し、作業台の上にカッターがあるのを発見した。それを手に取ったあと、束ねた自分の髪をつかむ。

誰かのそんな声が聞こえてきたけれど、迷わずカッターで髪をバッサリ切った。

「夏目、早まるな！」

「これでご満足ですか？」

矢野さんの目の前に切った髪を差し出すと、あんぐり口を開けている。

ちょっとやりすぎたと反省したものの、体調のいい悪いに男も女もない。

「体調が悪いときは休ませてください。お願いします」

私は深く頭を下げたあと、臼井さんのところに戻り、彼女を更衣室まで連れていった。

「ごめんなさい」

臼井さんは私の髪を見て、さらに泣いてしまった。どうも責任を感じたらしいのだけれど、私は矢野さんにようやく言い返せてすがすがしいくらいだ。

「気にしないでください。それより、ひとりで帰れますか？」

「うん。生理で貧血なんだと思う。家の人に迎えに来てもらうから、夏目さんは仕事に戻って」

少し顔色が戻ってきているし、足取りもしっかりしている。迎えに来てもらえるなら大丈夫かも。

「はい。私にできることがあれば連絡してくださいね。すみません、戻ります」

「本当にごめんなさい」

「髪はまた伸ばせばいいので、問題ありません。気にしないでください。失礼します」

私は臼井さんがこれ以上罪悪感を持たなくていいように笑顔で挨拶をして、更衣室を出た。そしてすぐさまトイレに駆け込み、髪を結わえていたゴムを取って鏡を見る。

「よりによって今日……」

子供の頃からずっとロングのストレートヘアなのだが、それは母の意向が強い。何度も切ろうとしたもののそれだけはやめてほしいと言われて、ずっと長いままで通してきた。一度短くしてみたかったので、肩上の長さになってもさほどダメージはない。ただ、自分で適当に切った髪は当然不ぞろいで、とても見られるものではなかった。

今日は大切な日だったのに。

美容院に整えに行こうにも、仕事はまだ続く。

「戻らないと」

そんなことを考えている暇はない。次の担当便の着陸がそろそろ迫っている。

私はそのひどい髪型のまま、倉庫に工具を取りに走った。

その日の仕事は無事に終了した。ざんばら髪はそのままだったけれど、ヘルメットでなんとかごまかした。

問題は、仕事終了後。

久々にワンピースを引っ張り出して纏ってきたのに、この髪ではさすがに……。

私はロッカーから、とある包みを取り出してため息をついた。

今日は岸本さんの誕生日なのだ。しかも、十七時二十五分到着予定のホノルル便に搭乗していることも、あらかじめ調べてある。

もう少し待っていれば、フライト後に行われるミーティング——デブリーフィングを終えた彼がオフィスから出てくるに違いない。それを待ってプレゼントを渡そうと思っていたのだ。

今日、告白しようと思っているわけではないのだけれど、私の存在に気づいてほしいという淡い期待でいっぱいだった。

「やめる?」

ロッカールームにある鏡に自分の姿を映して、問う。

夏の間、日焼け止めは欠かさず塗っていたものの、黒く焼けた肌。簡単に化粧はしたが、メイクの指導もある美人ぞろいのキャビンアテンダントに囲まれている岸本さんの目を引く自信はまるでない。おまけに、この髪型。

きっと笑われる。

ううん。彼が訓練を終えるのをずっと待っていたんだから、やめたら後悔する。

そう思った私は、プレゼントを持って更衣室を飛び出した。

プレゼントの中身は、靴磨きセット。

ほかにもいろいろ考えたのだけど、私よりずっと給料のいい彼なら身につけているものは一流品だろうし、気に入らないものをもらっても困るはず。それで大学時代の会話を思い出したのだ。

自動車部で一緒だった彼は、エンジンをピカピカに磨くのが好きで、財布や靴もいつも磨いておかないと気がすまないと笑っていた。

今でもそうなのかはわからないけれど、パイロットも革靴を履く。あっても困らない、使ってしまえば残らない、という若干消極的な理由もあった。

ただ、このプレゼントを渡すことでさえ、私を覚えていない可能性を考えると腰が引けてしまう。

それでも勇気を出さなければ、きっと後悔する。

そう思った私は、デブリーフィングが行われるオフィスフロアから駅まで続く廊下でひたすら岸本さんが出てくるのを待った。

待つこと一時間。ようやく岸本さんの姿を確認できたのだけれど、その周りをキャビンアテンダントらしき五人の女性が取り囲んでいる。

「ありがとう。気持ちだけいただくよ」

「でも、せっかく選んだからどうぞ」

どうやら彼女たちも岸本さんが誕生日だと知っていて、私と同じようにプレゼントを渡すために待ち構えていたようだ。

彼は足を進めながらにこやかに微笑み、しかし受け取りを拒否している。そのうちうしろからもうひとり駆けてきて、輪に加わった。

無理だ……。

私は無意識に自分の髪に触れてあとずさる。

自分の仕事を卑下《ひげ》したことも、この職に就いたのを後悔したこともない。けれど、あんなにきれいな彼女たちがプレゼントを拒否されているのに、真っ黒に日焼けして汗びっしょりの私が渡したところで受け取ってもらえるはずがない。

しかも今日は、ひどい髪型なのだ。

立ち去ろうと決めたものの、足が動かない。無理だと思っても未練がある。

このままずっと遠くから見ているだけでいいの？

心の中で葛藤するも、どうしても近づいていく勇気は出なかった。

そのうち、女性に囲まれたままの岸本さんが間近に迫る。

今しかない。

そう思ったけれど、やはり足は動かなかった。

しかしすれ違いざまに一瞬彼と視線が絡まり、心臓が大きく跳ねる。

彼はハッとしたけれど、ほかの女性に話しかけられたためそちらに視線を移し、足を止めることなくそのまま歩き去ってしまった。

あの表情は、私を覚えていたということ？　ううん。気づいてほしいあまりに、そう見えただけかもしれない。

どちらにせよ、手元にプレゼントが残ってしまった。

「出直そ」

そもそも近づくのにも勇気がいるのに、こんな髪型では余計に無理だ。

あきれられたくない、あからさまに嫌な顔をされたくない。

そんな気持ちが強すぎて慎重になる。

とはいえ、パイロットのスケジュールも私の勤務形態も特殊で、関連会社に勤め、同じ空港を拠点として働いているのに、次にいつ接点が持てるのかさっぱりわからない。

大きなため息をついた私は、駅に向かって歩き始めた。

懐かしい彼女　Ｓｉｄｅ広夢

約一年半にわたるアメリカでの基礎訓練は、聞いていたよりずっと過酷だった。何度も行われる試験にその都度合格しなければパイロットへの道が断たれるのだから、常に緊張感でいっぱいで、中には眠れなくて倒れてしまう仲間すらいた。

俺は同期入社の月島一輝《つきしまかずき》と仲良くなり、ふたりで切磋琢磨《せっさたくま》して乗り越えてきた。

小型機に乗せられ、急上昇や急旋回といったいわゆるアクロバット飛行のようなものを経験したときは墜落の危機を感じ、今までの人生で一番恐ろしい思いをした。同時に、たとえこうした事態に陥っても乗客の命は自分たちの腕にかかっているのだと気持ちも引き締まった。

小型機での離着陸の試験ではかなり緊張したものの、月島と並んでトップ合格。

厳しい基礎訓練ののち帰国してからは、副操縦士となるべく訓練や、機種別ライセンスの取得に必死だった。

ＦＪＡ航空に就職してからここまで、脇目も振らずに学び、ようやくパイロットとしてのスタートラインに立つことができた。

俺はB787、月島はB777と分かれたけれど、よきライバルであり仲間だ。

今日はたまたま休みが合い、同期でライン整備を担当している井上と三人で食事に行くことになった。俺も月島も入社後の一年間は地上勤務として整備を経験して、そのときに仲良くなったのだ。

「ふたりの休みが合うなんて珍しい」

とあるレストランで口火を切ったのは井上だ。

「だな。井上も忙しいだろ？」

「まあね。覚えることだらけで頭が爆発しそうだよ」

俺の質問に答える井上は、赤ワイン片手にため息をついている。

整備の仕事も、パイロットに負けず劣らず……いやひょっとしたら覚える事柄はパイロットよりも多いかもしれない。常に勉強していなければ務まらない仕事で、試験の前は皆ふらふららしい。

「それで髪、短くしたわけ？」

俺たちがアメリカに発つ前よりずっと短くなっている井上の髪を見て、月島が指摘する。

「乾かす時間がもったいなくて。濡れたまま寝ると寝ぐせがひどいし、ヘルメットの中は蒸れるんだぜ」

「知ってるよ」

一年とはいえ、俺たちも経験しているのだから。

ライン整備の仕事はどんなに暑くても寒くても、そして雨が降ろうが風が吹こうが、外での作業が伴う。

俺はドック整備という格納庫内での整備を行うチームの一員だったのだが、それでも夏は汗だくで、熱中症にならないように水分補給を必死にしていた覚えがある。冬は寒くて、スパナを握る手に力が入らなかった。

「そういえば少し前に、矢野さんに髪が長いってケチつけられた女の子がさぁ、スパッと、こう」

髪の束を持つような仕草をした井上が、それを切るように手を動かすので、月島と顔を見合わせる。

「切ったのか？」

「そう。俺たちの目の前でなんの躊躇《ちゅうちょ》もなく。俺もよく一緒に仕事するけど、小柄でかわいらしい印象の彼女にあんなに度胸があるとはびっくりしたね」

矢野さんはベテランだけど嫌みな整備士だった。俺たちパイロット訓練生も一年のみの勤務のため、『お前たちはいいよなぁ。腰掛けなんだし』とネチネチ言われた覚えがある。

「すごいな」

「艶々《つやつや》できれいな髪だったんだよね。もったいない。いつも束ねてたし、全然邪魔じゃなかったのに」

月島と井上が話しているのを聞いているうちに、とある光景が頭に浮かんだ。

「井上」

「なんだよ、怖い顔して」

「その女の子、夏目鞠花じゃない？」

俺が問うと、井上は驚いている。

「知り合いか？　そう、夏目鞠花。まだ新人だけどすごい勉強してる」

それじゃあ、やっぱりあのときの女の子は夏目だったんだ。

誕生日の日、デブリが終わって廊下に出ると、顔見知りのキャビンアテンダントが数人、プレゼントを持って待っていた。

ありがたいのだが、どれかひとつでも受け取ると誰が彼女だとかあらぬ噂が飛ぶ。

正直、今はパイロットとして一人前になることで頭がいっぱいで、それ以外のことを気にしていられる余裕がなく、プレゼントも告白もすべて断っているのだ。

だからいつものように断りつつ帰ろうとしたのだけれど、途中の廊下でひとりぽつんと立ち尽くし、俺を見ていた女の子に目が行った。どこかで会ったことがあると思い、記憶を手繰《たぐ》り寄せていたら、大学時代に自動車部という女子はまず選ばないサークルに入ってきたあの子ではないかと思い出したのだ。

ただ井上が言うように、艶のある長い髪が印象的だったため、短くふぞろいな髪だったのが意外で、彼女が同一人物なのか自信がなかった。

その上、忙しい業務に揉《も》まれているうちに、その出来事も忘れてしまっていた。

「少し前に見かけた。大学の後輩なんだ。学科もサークルも同じで……」

「お前、自動車部って言ってなかった？」

チーズを口に運ぶ月島の質問にうなずく。

「そう。航空宇宙学科はグライダー部に入るやつが多いんだ。でも、俺はエンジンを触りたかったから自動車部。見事に全員男だったのに、俺が四年のとき、一年の女の子がひとりだけ入ってきた。それが夏目。数回しか話したことはないけど、ちょっとミステリアスな子だったな」

「ミステリアスね……」

月島がつぶやく。

なにを考えているのかつかみどころがなく、ミステリアスという言い方をしたけれど、どこか寂しげで、黙々と整備に励んでいて物静か。でも話しかけると優しい笑みを見せるような後輩だった。

「そういえば、私生活はまるでわからないな。整備士仲間の飲み会にも来ないし。いつも栄養補助食品片手に勉強してる、すごく真面目な子という印象だけど、自動車部って……昔からエンジンに興味があったのかな」

井上の話を聞きながら、大学時代の記憶をたどっていた。

いつもひとりでエンジンを触っていた彼女が、男ばかりの会話に入りにくいのではないかと話しかけたことがある。そのとき、どうして自動車部に入ったのか尋ねたら、『整備に興味があったのと、女の子らしくしなさいと言われるのがつらくなって』と話していた。

ただ、彼女はサラサラの長い髪を風になびかせていて、その肌は透き通りそうなほど白かった。その上、ヒョイッと抱えられそうなほど小柄で、スパナを持つ手は細く、〝女の子〟そのものだった。

あのときは『ふーん』で流してしまったけれど、もしかしたらそうした〝女の子らしい容姿〟を誰かから強要されていたのかもしれない。

「まあ、男だから女だからとかいう時代は終わったからな。パイロットも女性が増えてきているし、女性が機械に興味があっても変じゃない」

月島がそう言うのでうなずきながら、夏目の顔を思い浮かべた。

「それで、矢野さんに文句を言われて髪を切ってからどうした？」

「どうしたって？　美容院に行ってきたのか次の日は整ってたし、普通に働いてたよ」

それじゃあ、髪を切ったのは誕生日だったまさにあの日だったのか。

「そもそも因縁をつけられたのも、別の女性整備士の体調不良を矢野さんがなじったのがきっかけなんだ。夏目は彼女をかばって巻き添えに」

サークルでは自分から話に加わる姿も見られず、おとなしくて消極的な子だと思っていたので驚いた。

「かばったんだ……」

「自分はなにを言われても耐えてるのにね。優しい子なんだろうな。なんだ岸本、気になるのか？　かわいいもんな」

井上がニヤニヤ笑うのでにらんでおいた。

同じ大学の後輩なのだから、気にならないわけがない。

ただ、夏目は自分の進みたい道を選べたんだな、とホッとしていた。サークルで話したとき、『私の生きる道はもう決められているんです』と悲しげに漏らしたことがあったからだ。詳しく聞きたかったけれど、彼女はそれ以上口を割らなかった。

それにしても、あの日は俺を待っていたのだろうか。でも、俺が前を通過してもピクリとも動かなかった。偶然見かけただけで、別の男を待っていたのかも。

「夏目って彼氏いるの？」

「やっぱり来た、その質問。気になるなら素直に言えよ」

井上に茶化されてもう一度にらむ。

「違うよ。髪を切ったその日だと思うんだけど、駅に向かう途中で彼女を見かけたから。誰か待ってるのかなと思って」

「岸本を待ってたんじゃないの？」

ずっと黙っていた月島が口を挟む。

「だけど、話しかけてもこなかったぞ」

「お前、取り巻きだらけだろ。話しかけにくいって」

「お前に言われたくない」

たしかにあのときは何人かに囲まれていた。

しかし、取り巻きだらけなのは月島も同様だ。クールにあしらってはいるけれど。

「あのさー、俺に対する嫌み？」

井上が口を尖《とが》らせる。

「お前だってもてるだろ？」

「周りにキャビンアテンダントがいっぱいいるお前たちとは違うんだよ。整備に女が少ないの知ってるだろ？　出会いがない……あっ、夏目」

「夏目はダメだ」

どうしてだろう。井上はいいやつだし、盛り上げ上手だ。口数が少なそうな夏目にはもってこいのタイプのように思えるけれど、ダメだと即答していた。

「なんでだよ」

「夏目は真面目な子なんだよ。女なら誰でもいいなんてやつはちょっとな」

「誰でもいいなんて言ってないだろ。本気ならいいんだな」

適当に流すと思った井上が突っかかってくるので、ため息が漏れた。

「井上、察しろよ」

月島が井上を制する。すると井上はまたニタニタしだした。

「あー、そういうことか、やっぱり」

「やっぱりってなんだよ」

「素直になれよ、岸本」

「意味わかんねぇよ」

井上の言葉に即座に反論していた。

ふたりは俺が夏目に好意があると勘違いしたようだ。しかし、好意がどうかというほど彼女と会話を交わしたわけでもなく、ついさっきまで整備士として働いていることも知らなかったのだから、勘違いも甚《はなは》だしい。

ただ、説明するのが面倒でワインを一気に喉に送った。

そんな話を少ししたものの、俺たちが意気投合しているのは飛行機が好きだという点が大きい。仕事を離れようと思っても、つい飛行機関連の話になってしまう。

「月島、バードストライク経験したんだって?」

井上が興味津々に尋ねる。

「そう。ぶつかったのがノーズだったしV1超えてたから、そのまま飛んだけど」

ノーズとは機首のこと。V1は離陸決心速度といって、この速度を超えたらオーバーランの可能性が出てくるため離陸を中止できない。

バードストライクが最も多く発生するノーズの先端部は補強されていて、そのまま飛んでもまず問題なく、到着した空港で点検や修理となるのが普通だ。

ちなみに日本の空港で最もバードストライクが多いのが羽田。海に面している上、離着陸数も最大なので当然といえば当然だろう。

「少し前にエンジンいっちゃって大変だったんだ」

「そうか。お疲れ」

俺たちパイロットは不具合を伝えればいいが、井上たちはそれをまた安全に飛べるようにしてくれる頼もしい味方だ。

「死骸が残ってたんだけど、夏目、嫌がらずに黙々と作業してたよ。俺も最初はビビったのにさ、なんか覚悟がある子だなと思って」

夏目の話からそれたのに、また戻ってしまった。

でも、彼女の話には興味がある。

「覚悟か……」

大学時代の思い詰めたような目を思い出す。俺の知らない一面があるんだろうな。

「岸本、気になってるなら会ってみたら？」

月島にそう言われたものの、首を横に振った。懐かしいし、知っている仲なので気になりはするけれど、わざわざ会いに行くほどでもないような。

「いや、俺は別に。それに、今は自分のことで精いっぱいなんだ。余計なことを考えている暇なんてない」

ようやくコーパイになれたとはいえ、延々と試験は続く。それに落ちるわけにはいかないし、機長に教えを乞《こ》い、経験を積まなければならない。

「まあたしかに。想像してたよりずっときつい」

優秀な月島がそんなふうにこぼすなんて珍しい。ただ、ようやく念願のコーパイになれたばかりの俺たちは、絶対に失敗してはならないという緊張感に包まれた毎日を送っているため、心が休まらないのだ。

こうして集まれたのも久しぶりで、普段は愚痴さえこぼせず、ストレスフルなのかもしれない。

それなのに、夏目の姿を思い浮かべるとふと気が緩むのはどうしてだろう。学生の頃の楽しかった日々を思い出すからだろうか。

「なー、高給取りふたり。おごりだろうな？」

さっきから遠慮なしにワインをがぶがぶ飲んでいる井上が言うと、鼻で笑う月島が口を開く。

「なんでお前におごらなきゃいけないんだよ」

「お前らが乗る飛行機を安全に飛べるようにしてやってるじゃないか」

井上が自慢げに話すが、それは俺も月島も感謝している。一年間整備士として働いていたので、彼らの仕事の過酷さもわかっているし、強い責任感も知っているのだ。

「しょうがないな。今日はおごりだ」

俺が言うと「それじゃ、シャンパン」とすぐに追加注文を出したのは月島だ。

「お前は自分で払え」

「堅苦しいこと言うなよ。また彼女の話、聞いてやるから」

彼女って、夏目のことか？

月島は優秀なだけあって、勘はいいし周囲の状況を察知する力もある。だから、俺の頭の中が夏目でいっぱいになっているのに気づいているのだろう。

でも、プライベートではそのスイッチを切っておいてほしい。

「やっぱり自分で払え」

「俺は白に変える」

どうやら少し酔い気味の井上がマイペースに白ワインのオーダーを出すので、月島と一緒に笑ってしまった。

理想の自分と素の自分

池尻さんに指導を受けながら、ようやくタイヤ交換が早くなってきた十月の終わり。

台風が接近し、今年一番の大荒れとなった今日は、ダイヤが大幅に乱れている。

大雨で視界が滑走路の半分以下という悪状況の上、航空機の離着陸に影響する強い下降気流——ダウンバーストが発生しているからだ。

朝から風の急激な変化を警告するウインドシア警報が出たままになっているほど、航空機を離着陸させるには過酷な天候だった。

航空機にとって風の方向や強さはとても重要で、それにより使用する滑走路も変更される。

ダウンバーストは、パイロットたちを悩ませる自然現象のひとつであり、今日はゴーアラウンド——着陸のやり直しが頻発している。

B777のような重量があって安定感があり風の影響を受けにくい大型機ですら簡単には着陸できず、ましてや風に煽られる小型ジェット機は地上から見ている私たちがハラハラするような揺さぶられぶり。

そんな中、私が担当するB787が着陸態勢に入った。

新千歳《しんちとせ》空港から飛んできたそれは、着陸不可能となった場合、再び新千歳に戻る可能性があるとアナウンスされているようだ。

「夏目、準備できてるな？」

「はい、もちろんです」

池尻さんが、黒い雲が広がる空を見上げながら言った。

作業着にヘルメットをかぶり、さらには濃いブルーのレインコート姿。このレインコートはとあるアウトドアメーカーが手掛けている、しっかりとした防水仕様のものだ。しかしこれほどの大雨、そして強風ではどれだけ役に立つのか疑問だった。

とはいえ、私たちの仕事は航空機の運航に避けては通れない重要な任務なので、気を引き締める。

「着陸できるでしょうか？」

「うーん。パイロットの腕だけじゃなくて、運もあるからなぁ」

池尻さんの答えにうなずいた。

順調に滑走路に近づいていても、風が吹く瞬間を誰も予想できない。つい五分前の便が無事に着陸できても、突然の強い横風に見舞われて、次の便は着陸不可能ということもざらにある。もうそこは、パイロットの腕というよりはただの運だ。

ただし、着陸可能かどうかを判断するのは完全にパイロットの腕。乗客の安全を守ることが一番の責務なのだから、着陸できないとしてもその正しい判断が最も重要になる。

「来た」

ついにB787の白い機体が姿を現した。しかし、視界が悪いため私たちが肉眼でとらえたのはすでに滑走路間近に迫った頃だ。

「揺れてる……」

きっと操縦席ではパイロットが操縦かんを巧みに操り、バランスを取ろうと必死なはず。当然地上にいる私にはなにもできず、ひたすら無事に着陸できることを祈った。

「よし」

池尻さんが思わずという感じでつぶやいたのは、B787の後輪が滑走路に下りたからだ。その直後に前輪も着地した。

「アライバルに異常はなさそうだけど、視界が悪くてわからない。しっかり点検しろよ」

「わかりました」

私たち整備士は、オイル漏れの有無や煙が出ていないか等々、飛行機が着陸するときもチェックしている。けれども今日は視界不良でよく見えない。

エプロンに近づいてくる機体は、マーシャラーの誘導でピタリと停止した。

すぐにドアが開けられて乗客が降りてくる。

私たち整備士はここからが仕事だ。

一歩外に出ただけで痛いほどの雨粒が体に打ちつけてくる。ずぶ濡れを覚悟しなければならなかったが、気にしてはいられない。

池尻さんともうひとりの先輩と一緒に手分けをして機体の周りを歩いて回る。エンジンや機体に損傷がないかを確認して、タイヤの亀裂や空気圧などのチェックをした。

その間も、雨が容赦《ようしゃ》なく顔に打ちつけてくる。いくら拭ってもまったく無駄だった。

「夏目、どうだ？」

私と同じようにずぶ濡れになっている池尻さんが近づいてきた。

「異常は見られません」

「オッケ。それじゃ、中行くぞ。15D、シート汚れの連絡が入っているから対応して」

「わかりました」

このあとは機内に移動して再び点検作業に移るのだが、機内のトラブルについてはキャビンアテンダントから数字とアルファベットが組み合わされた暗号のようなもので、すでに報告が入っている。

「うわー、中まで濡れた」

レインコートを脱ぐ池尻さんはしかめ面。けれども、私を見て噴き出した。

「濡れネズミだな。風邪ひくなよ」

「……はい」

百七十五センチほどで体格のいい彼に対して、私は百五十四センチしかない。一番小さいサイズのレインコートを支給してもらっているにもかかわらず大きすぎて、隙間から雨がしみ込んでくるのだ。

とはいえ、ライン整備は時間との勝負。着替えている暇はない。タオルで簡単に顔を拭いて、池尻さんとともに機内へ向かった。

池尻さんが機長からフライトログを託されて今回の飛行に関して説明を受け始めると、コーパイも出てきた。

「あっ……」

それが岸本さんだったので、思わず小さな声が漏れる。

「夏目、コックピット入るから、シート換えておいて」

「わかりました」

どうやら機長からなにか申し送りがあるようだ。私は池尻さんに返事をして、客席へと向かおうとした。

それなのに、腕を強い力で引かれてひどく驚く。私を止めたのは岸本さんだ。

「お疲れだったね。びしょ濡れじゃないか」

彼はそう言うと、心配そうに私の顔をのぞき込んでくる。そして黒目がちな目で私をまっすぐに見つめた。

予想外の近い距離に、心臓がドクンと大きな音を立てて破裂してしまいそうだ。彼の瞳に自分が映っているのに気がついて、面映《おもは》ゆくてたまらない。

息ってどうやってするんだっけ？

なにも言えないでいると、彼はジャケットのポケットからおもむろにハンカチを取り出して、私の顔を拭きだした。その行為に驚いた私は、必死に酸素を貪《むさぼ》りながらなすがままにされて突っ立っていた。

「あっ、ごめん。化粧取れた？」

「いえっ。今日は、してないので……」

天候が大荒れでこうして濡れるのはわかっていたので、完全にすっぴん。でも岸本さんに会えるなら、少しくらい化粧をしておけばよかった。こんな濡れネズミになった姿を見られたくなかった。

そんな女心が働くけれど、今は仕事中だ。

「そっか、よかった」

彼がにっこり微笑むのは、雨の中作業をしてきた私をねぎらってくれているのだろう。優しい人だから。

「でも」

そう口にした彼がなぜか私の頬に触れてくるので、一旦は落ち着きそうだった鼓動が再び勢いを増す。

「こんなに冷たい。修理が終わったらすぐに着替えるんだよ、夏目」

「あ……」

私のことを、覚えていてくれたの？　ううん、さっき池尻さんが私の名前を呼んだから？

そんなことを考えていると、彼はメモ帳を取り出してなにやら書き始める。そして、顔を拭いたハンカチと一緒に私に握らせた。

「これ、よかったら使って。返すのはいつでもいいから。俺も行かないと」

彼は私に返事をする隙を与えず、励ますように頭をポンポンと叩いてからコックピットに戻っていった。

握らされたメモを見ると、メッセージのＩＤと電話番号が記されている。

連絡してもいいということ？

「整備士さん、ここのシートお願いします」

「はい、今すぐ」

キャビンアテンダントに声をかけられて我に返った私は、メモとハンカチをポケットにねじ込んで、客室の奥へと向かった。

私が整備を担当したＢ７８７は、天候悪化のために次のフライトが欠航となった。ほかにも羽田に降りられず別の空港に着陸する――ダイバートした便も続出して、明日のスケジュールが乱れるのは目に見えているが、それを最小限に抑えるのが私たち飛行機に携わる人間の仕事だ。

ただ、翌日使用するはずの機体や乗務員がその空港にたどり着いていない事態も頻発していて、空港中にピリッと張り詰めた空気が漂っている。

こういう特殊な日は整備士も緊張するものだけれど、私の心は躍っていた。もちろん、岸本さんに声をかけてもらえたからだ。それだけでなく連絡先まで渡されるという夢のような展開で、頬が勝手に緩んでくる。

下着までぐっしょり濡れてしまった私は、着替えを済ませて、別の便のイヤホンの故障を修理していた。

「夏目、大丈夫か?」

「はい。もう少しで終わります」

整備士は、乗客に快適なフライトを提供するための設備の整備も欠かせない。最近は、人工衛星を利用した機内Ｗｉ－Ｆｉが当然となってきていて、それらの修理も行う。

「イヤホンの修理が終わったら、今日の業務は終わりだ」

「はい、お疲れさまです」

汚れたシートの交換をしていた池尻さんもホッとしている様子だ。

まだ一年目の私は、初級整備士という社内資格の合格を目指している。そのあとも次々とクリアしていかなければならない試験があり、池尻さんのようにフライトログに署名し、航空機を出発させられる権限を持つライン確認主任者となるまでには、少なくとも六年以上はかかる。

整備士であるからには、そこを目指したいのだけれど……。

ふとそんなことを考えて手が止まった。そして思わず漏れたため息に気づいた池尻さんが近寄ってきた。

「今日は疲れただろ？」

「あっ、いえ。すみません」

大雨で余計な体力を削がれて疲れたのには違いないけれど、私のため息は別の理由がある。

「夏目はよくやってるよ。ほかの整備士からよく言われるんだよね。指導する新人が夏目でよかったなって」

どういう意味だろう。

私のように大卒で就職した人間より、専門の学校を卒業してすでに資格を有している人のほうが役立っているような気がする。同期で時々ミーティングや勉強会をするけれど、そのときに的確な意見を出してくれるのもそうした経験を積んだ人ばかりだ。

「いえ、全然役に立てなくて。知識も乏しいですし」

「まだ一年も経ってないんだから、できないことがあるのは当然だ。整備の知識も専門の学校に通っていたやつらよりは劣る。でもなぁ、そんなのは数年で追いつくぞ。一番大切なのは、真面目にコツコツ学ぶ忍耐力だ。夏目ほど勉強してる新人は、ほかにいない」

そう言ってもらえるとうれしい。でも、私には時間がないだけだ。

「ありがとうございます」

「おっ、終わったな」

私が修理を終えたのに気づいた池尻さんは、ニッと笑った。

「ただ、燃え尽きるなよ」

「えっ？」

「この仕事の過酷なところは、仕事を辞める日まで学び続けなければならないことだ。ベテランであっても、常に新しい機体や機能に対応する必要がある。Ｗｉ－Ｆｉの装置についてなんて、俺より夏目のほうが熟知してるだろ？」

たしかに、航空機にＷｉ－Ｆｉのアンテナがつけられるようになってからまだ日が浅く、池尻さんのようなベテランでも私たち新人と同じように、いちからその装置について学んだはずだ。

興味のあるなしにかかわらず、すべての装置について学ばなければならないが、池尻さんはどちらかというとエンジン関係が得意。一方私は、コックピットの計器類の修理等々、電装系が得意だ。

「航空機だって、ずっとエンジン全開だったら火を噴くぞ。少しは気を抜け。矢野さんが言ったことは気にするな」

そうか。勢いで髪を切ってしまったあの日から、ずっと心配をかけていたのかもしれない。私は素敵な上司に恵まれて幸せだ。

「ありがとうございます。早く池尻さんに追いつきたくて焦りすぎていたかもしれません」

「安心しろ。まだまだ抜かせてやらないから。それじゃ、業務終了！」

彼はにこやかに笑いながら、私の肩をトンと叩いた。

私が住んでいるマンションは、空港から電車で約十分。

大学卒業とともに実家を出てひとり暮らしをしたいと両親に申し出たら大反対されたのだけれど、勤務が不規則だからと頭を下げ、治安のいい場所ならばという条件でようやく見つけたマンションだ。そのため少々家賃が高く、生活は切り詰め気味。

ただし、私が自由にできるのは二十五歳まで。

大学を卒業したら花嫁修業と称して家に閉じ込めておきたかった両親は、航空整備士という職業を聞いて苦い顔をした。

大手電機メーカーの社長である父と、社長夫人の母は、私を〝清楚なお嬢さま〟に育てたかったのだ。だから長い髪を切ることはおろか、パーマやカラーも禁止。服装は常に上品なスカートで、言葉遣いは丁寧に。挨拶のときの腰の折り方や、テーブルマナーなどもみっちりとしつけられて、今に至る。

ところが私は、そんなお嬢さま気質ではない。

小学生の頃は、家の近所にあった自動車整備工場の作業を見るのが大好きで、学校の帰りに毎日のぞきに行っていた。

家の居心地が悪くて帰りたくなかったというのが理由だったが、壊れたものが修復されていく様子を見ているうちに、整備工場のおじさんやお兄さんは魔法使いなんじゃないかと感激するようになった。

そのうち手を油まみれにして働く優しいお兄さんと仲良くなり、修理したばかりの大型バイクに座らせてもらったのをきっかけに、自分も整備士になると決意した。

しかし、人生は甘くない。私をしおらしく育てたい両親に、整備士になりたいとは言えなかった。

どうしても夢を捨てられなかった私は、整備士の中でも航空整備士を目指そうと決意した。その第一歩として、大学の航空宇宙学科に進学しようとしたけれど、男性が多い理工学部に行きたいと伝えただけで反対され、とても整備士になりたいと言える雰囲気ではなかった。そのため、『宇宙の成り立ちに興味があるんです』と嘘をついてなんとか許してもらった。

自動車部に所属していたのは当然秘密で、整備士になるための就職活動も秘密裏に。FJAメンテナンスの内定を得てから告白したのだけれど、母は『どうして整備士に……』と涙を浮かべるありさま。

ふわふわのスカート姿でにっこり微笑む令嬢にしたかった母には、つなぎの作業服を着て、雨風にさらされながら働く私を受け入れられなかったのだ。

期待を裏切ったことを重々承知していたが、『二十五歳まででいいから自由にさせてください』と何度もお願いして、ようやく許してもらえた。

もちろん、父と母にはここまで育ててもらった恩がある。それを裏切った自分はひどいとも思う。

けれど、少しでいい。自分のために生きたいという欲求を抑えられなかった。

それも、自動車部で出会った岸本さんの言葉があったからだ。

『誰がなにを言おうとも、自分の人生は自分のものだ。それになにを強制されても、夏目の心は自由なんだよ』

悩む私に彼はそう言った。きっと彼はもう覚えていないと思うけど、苦しくてたまらなかった私の胸には沁《し》みた。

両親への恩返しはする。でも、どうしても好きな世界にチャレンジしたい。

あのときそう決めて実行したから今がある。

ただ、タイムリミットは目の前だ。あと二年半もしたら、父と母が望む人生を歩まなくてはならない。だから、どれだけ学んでも、フライトログに自分の署名をする日は来ないのだ。

わかっているけれど、母を泣かせてまでもこの世界に飛び込んだのだから、ここを去るその日まで死に物狂いで知識や技術を身につけ、少しでも会社に貢献したい。

そして……自由でいられるうちに、一度でいいからあこがれの人とデートをしてみたい。

彼女になりたいなんて言わない。一日だけでもひとり占めできたら、幸せだ。

普段は通勤の時間も整備に関する本を読んでいるのだけれど、今日は岸本さんのメモをじっと見ているだけでなにも手につかなかった。

「どうしよう……」

いきなり電話はハードルが高すぎる。それならメッセージ？　でも、なにを書いて送ったらいいのだろう。いつ送っても大丈夫なの？

ずっと男女交際を禁じられていた私は、男性とお付き合いした経験もなく、わからないことだらけだった。

ただ、彼は私の連絡先を知らない。私がアクションを起こさなければなにも始まらないことだけはたしかだ。

「ハンカチを返すんだもんね」

言い訳を口に出す。

スマホを取り出して、メッセージのＩＤと電話番号を登録しただけで幸せな気持ちになるなんて、おかしいだろうか。

でも、ようやくあこがれの彼とつながったのだから、少しくらい浮かれていたい。

【今日はハンカチをありがとうございました】

たったそれだけのメッセージを送信する勇気がない。

私は気にかけてもらえたり覚えていてくれたりしたことが飛び上がるほどうれしかったけれど、彼は単に後輩を見つけたから声をかけただけかもしれない。連絡先を教えてくれたのも、ただハンカチを返してほしいだけで他意はないのかも。

そんなふうに考えては怖気づいてしまう。

それに、フライト中だったら迷惑?

岸本さんの予定を知らない私は、ふとそう考えてメッセージを送信しないままスマホの電源を落とした。

しかし、マンションに帰って勉強しようと思っても、心ここにあらずだ。すでに手洗いして干してあるハンカチを眺めてはため息ばかりついている。

このハンカチを返したらそれで終わりになってしまうのだろうか。そうだとしたら、返したくない。

そんな気持ちも湧いてくるものの、連絡を取らなければ話す機会すらもうないかもしれない。今日のように、たまたま彼が搭乗する便を担当できるとは限らないし、そもそもパイロットと主に話をするのは池尻さんだ。二度と気づいてもらえない可能性だってある。

「このままでいいの?」

ベッドにダイブして自分に問いかける。

恋ってこんなに苦しいものなんだ。遠くから見ているだけのあこがれの人から一気に距離を詰められて、正直困惑している。ずっと望んでいたことなのに、臆病な自分が信じられないくらいだった。

でも、せっかくのチャンスを逃しては一生後悔する。

「よし」

私は意を決して【夏目です。フライト中だったらごめんなさい。今日はハンカチをありがとうございました】とメッセージを打ち、思いきって送信ボタンを押した。

「あー、飛んでった……」

心臓がドクンドクンと大きな音を立て始める。就職試験の面接のときより緊張しているかもしれない。

スマホの画面を見たまま固まること十分。

「はっ」

既読がついたので、思わず閉じてしまった。

とりあえずフライト中ではなかったようで安心したけれど、返事が来るのか来ないのか、そしてその内容は?と緊張で顔が引きつる。

スマホの画面を伏せたまま置いておいたら、なんと電話が鳴りだした。

「え……」

岸本さんだ。

予想の選択肢になかった音声通話という方法に、緊張のあまり手が小刻みに震えだす。

しかし、メッセージを送ったばかりなのに出ないのもおかしいと思い、思いきってスマホを手にしてボタンを操作した。

「も、も、もしもし」

『夏目、メッセージありがと。ごめん、寝てたから気づくのが遅くなった』

少しも遅くなんてない。早いと驚いたくらいなのに。

「起こしてすみません」

『気にするな。それより、風邪ひいてないか？』

それで電話をくれたのか。大学生の頃から変わらず優しい人だ。

「大丈夫です。いつものことですから」

私、あの岸本さんと言葉を交わしているんだ。

そう思うと感激で胸がいっぱいだった。

『そうだよな。いつもありがとう。整備士の人たちが頑張ってくれるから、俺たちは安心して飛べる』

まさかお礼を言われるとは思っていなかったので、すぐに言葉が出てこない。

『聞こえてる？』

「はい、聞こえてます」

『それにしてもびっくりしたよ。夏目がＦＪＡにいるなんて。夢、叶えたんだな』

「はい」

期限付きではあるけれど、やりたい仕事に携われた。

岸本さんのおかげですとお礼を言いたいけれど、緊張が先立って息をするので精いっぱいだ。

『俺、明後日からＬＡなんだ』

ロサンゼルスに飛ぶのか。長距離だから大変だろう。

『水曜に戻ってくるんだけど、夏目、木曜休みだよな？』

「……はい」

どうして私のスケジュールを知っているのか不思議だったけれど、そういえば彼も地上勤務のとき整備士をしていたと小耳に挟んだ。整備士の勤務パターンを知っているに違いない。

その日にハンカチを返せと言いたいのだろうか。互いの勤務の時間が合いそうなときに空港で返すとばかり思っていた私は、反応が薄かったかもしれない。

『久しぶりだから一緒にランチでもと思ったけど、困ってる？』

岸本さんとランチ？

思いもよらない提案に驚いて、瞬きを繰り返す。

『迷惑だった――』

「迷惑なわけがありません！　断じて」

彼の言葉にかぶせるように興奮気味に言ったからか、クスッと笑われた。

『それじゃあ、帰ってきたら連絡する』

「はい」

岸本さんと食事に行けるなんて夢のようだ。

『好きなものは？』

なんだろう。しばらく考えたけれど、頭に浮かんだのは幼い頃に母が作ってくれたハンバーグだった。デミグラスソースではなく、ケチャップで食べたあの味を、今でも忘れられない。

「ハンバーグが好きです。ケチャップがかけてある……」

『あはは。ケチャップか。探しておくよ』

「あっ！　大丈夫です。なんでも食べますから」

お子さまランチは別として、ケチャップをかけたハンバーグを出すレストランなんて、なかなかない気がする。

『なかったらごめん』

「本当になんでも食べますから！」

慌てて言った。忙しい彼に余計な労力をかけるわけにはいかない。

『了解』

「あの……気をつけて行ってきてください」

『サンキュ。夏目も無理するなよ。それじゃ』

そこで電話は切れたものの、しばらく耳からスマホを外せなかった。彼の渋い声の余韻に浸っていたのだ。

「約束、しちゃった……」

ハンカチを返したら終わりだと思っていたのに、食事に誘われたなんて信じられない。ケチャップだとか余計なことを言うんじゃなかったと思いつつも、うれしさのあまり枕を抱きしめて転がり回る。

渡しそびれたプレゼントも渡してもいいかな？　今さら遅いだろうか。

次から次へと疑問が湧いてきて、考えるのに忙しい。とはいえ、とても幸福な時間だった。

岸本さんがロサンゼルスから戻ってきたその日。私は完全にお休みで、朝から整備の勉強をしていた。とはいえ、いつものように集中できない。もちろん岸本さんが気になるからだ。

「あー、ダメだ。集中集中」

整備士として働くのにタイムリミットが設定されている私は、池尻さんたち指導してくれる先輩に少しでも恩返しがしたい。そのためには知識や技術を身につけなければ。

彼らには近い将来辞めなくてはならないとは話していない。辞めると決まっている人材の教育をさせるなんて申し訳ないからだ。

どうしても整備の仕事に携わりたい私は、ずるいと知りながら一等航空整備士を目指す振りをしている。

もちろん、できることなら目指したい。一人前の整備士になれるのは、やっとそこにたどり着いたときだと思っている。しかし、四年以上の実務経験が必要なので、二十五歳までに取得できる可能性はゼロなのだ。

「えっと、コンペンセータの静電容量が……」

今日は燃料系統の勉強をしている。こうやってテキストで学んでおいて、わからないことは池尻さんや先輩に聞いて覚えていく。覚えることが多すぎて頭がパンクしそうだけれど、きっとパイロットも同じなのだろう。

勉強に集中しようとしても、どうしても岸本さんのことを考えてしまう。

「LA便は……十七時二十分着か」

時刻表を調べて、窓から外を見上げる。到着まで、あと四時間と少しだ。

今日は穏やかな天候で、空が高く感じられる。

「アクシデントなく到着しますように」

空港に向かう飛行機を見つけて、それを眺めながらつぶやいた。

岸本さんは優秀な人だけれど、コーパイとしては初心者マークつき。きっとフライト中も必死に機長から技術を学んでいるはずだ。

彼が操縦するところは見たことがないが、凛々しい表情でじっと前を見据えている姿を想像して、頬が緩む。

もう少し頑張ろう。

今、空の上で操縦かんを握っている岸本さんのことを想いながら、私は再びテキストに目を落とした。

岸本さんから連絡が入ったのは、二十時半。メッセージが送られてくると思ったのに、電話だった。

『夏目、お疲れ』

「お疲れさまです。おかえりなさい」

『うん、ただいま』

初めて電話をもらったときよりは緊張せずに会話ができている。

『明日だけど、俺の知ってる店でいい？　普段ハンバーグは出してないんだけど、相談したら作ってくれるって』

私が余計なことを言ったからだ。

「わざわざすみません」

『構わないよ。ただ、ケチャップじゃないかも』

「もちろん大丈夫です。私がケチャップなんて言ったばかりに……」

申し訳なさすぎて、声が小さくなっていく。

『俺も好きなんだよ、ハンバーグ。だから問題ない。明日十二時に予約してあるんだけど、夏目、どこに住んでるの？』

「京急蒲田駅《けいきゅうかまた》の近くです」

『なんだ、いいところに住んでるんだな』

たしかに空港へのアクセスがいいこのあたりは、パイロットやキャビンアテンダントも多く住んでいると聞く。

「岸本さんは……。いえ、なんでもないです」

安易に住所なんて聞いたらまずいかもしれないと思ったけれど、返事はすぐに来た。

『俺は川崎《かわさき》なんだよ。気に入ったマンションがあったからそこを買ったんだ』

賃貸ではなく購入したとはびっくりだ。

『蒲田なら近いし、十一時半頃に迎えに行く。東口でいい？』

「はい。十一時半にうかがいます」

『ひとつ頼みがあるんだけど』

私に頼みとはびっくりだ。

「なんでしょう」

『もうシャワーを浴びて寝ようと思うんだけど、起きられる自信がない。十時半に電話鳴らしてくれない？』

LAであれば十二時間近いフライトをこなしてきたはずだ。疲れているに決まっている。楽しみすぎてソワソワしていたけれど、彼の休息を邪魔できない。

「いえ、お疲れでしょうからゆっくり休んでください。明日も無理しなくても……」

慌ててそう伝えると、少し不機嫌な声が聞こえてきた。

『俺、楽しみにしてたんだけど』

「えっ？」

『だから十時半に起こして』

「……はい、必ず」

楽しみにしていたと言われては、たとえ社交辞令だとしても舞い上がってしまう。

『うん、頼んだ。だからといって、十時半ちょうどじゃなくていいからな。夏目、スマホの前で正座してスタンバイしてそうだから』

まさにそうしようと思っていたのを指摘されて、恥ずかしさのあまり耳まで熱くなってくる。顔の見えない電話でよかった。

「し、しませんよ」

『あやしいな。ま、いいや。それじゃあ明日』

「はい、おやすみなさい」

切れたスマホを手に持ったまま、幸せを噛みしめる。

「楽しみにしてたって……」

嘘でもうれしいし、私のために時間を作ってくれるなんて最高だ。

しかし、そのときふと、岸本さんに駆け寄り、親しげに話しかけていた女性の存在を思い出した。

彼女じゃないのかな……。

彼女であれば、私とふたりで食事に行ったりはしない？　ううん。私なんてそういう対象にすら入らなくて、大学の後輩と懐かしい話をしたいだけなのかも。

男女の駆け引きは、燃料の体積を計算するよりずっと難しい。

とにかく、期待しすぎてはいけない。私はただ、自分の気持ちを伝えたいだけ。あわよくば一度だけでいいからデートをしてみたいと思っていたけれど、明日の食事であっさり叶ってしまいそうだ。

今が幸せの絶頂期だったりして。

そんなことを考えると少し悲しくもあるけれど、それが私の人生なんだと余計な雑念は振り払った。

翌朝は、やっぱりテーブルに置いたスマホの前でひたすら待ち、十時半ちょうどに岸本さんに電話を入れた。

そうしたら『おはよ。起こしてくれてサンキュ』というなんともけだるい声が耳に届いた。ため息交じりの色っぽい声のせいで、ドキッとしてしまう。

シャワーを浴びてから迎えに行くと言われ、私も着替え始めた。

散々悩んで決めたのは、ネイビーのシャツワンピース。トリコロールカラーのベルトをアクセントにすると、女性らしさはほんのり残しつつもシャープな印象に決まる。

髪を短くしてから、実家で暮らしていたときによくはいていたフレアスカートや、赤やピンクといった女性らしい色の洋服は着なくなった。そもそも、おしとやかにしているのは性に合わないので、今のような服装のほうが自分に合っている。

駅まで五分で行けるのに、着替えてからそわそわしてなにも手につかない。約束の二十分前にはマンションを飛び出した。

駅の東口に到着しても、まだ岸本さんの姿はない。

「おはようございます。あっ、違うか。こんにちは。今日はお時間を頂戴してすみません……は堅苦しい？」

緊張気味の私は、挨拶の練習を始めた。

「えっと……今日は――」

「楽しみで眠れませんでした、だと最高だけど」

背後から聞き覚えのある声がして目を瞠《みは》る。間違いなく岸本さんだ。

もしかして、全部聞かれてた？

笑われるとわかっていては振り向けない。固まったままでいると、彼が私の前に移動してきて、なぜか腰を折って至近距離で見つめてくる。

「どう？　違う？」

彼の形の整った唇が目の前で動いている。私に向けられた優しい微笑みに、心音がうるさくなった。

「違わないかと」

息遣いを感じるほどの近さに頭が真っ白になり、質問の意味がよくわからないのにそう答えてしまった。

「そっか。それはうれしい。俺も久しぶりだからかワクワクして寝つけなかったんだよ、実は」

『楽しみで眠れませんでした』を肯定したんだ、私。

その通りなのだけど、大胆な告白をしてしまったようで恥ずかしくてたまらない。

でも、彼もそうなの？

「それにしても、真面目なところは変わらないんだな。俺への挨拶の練習なんてしなくていいよ」

岸本さんはおかしそうに目を細めた。

「……忘れてください」

最初から大失態だ。

「どうして？　微笑ましいけど。でも、ちょっと意外だった」

「意外？」

「うん。夏目って物静かな女の子って感じだったから、ひとりでしゃべってるなんて新鮮で」

大学時代は〝おしとやかな女の子〟でいなければならず、たしかにあまり自分から話すようなこともなかった。

長い間、両親からそういう女性像を期待されてきたため、人前では上品に振る舞うのが当然で、素の自分をさらけ出すことが怖かったのだ。今こうして少しずつ自分を取り戻してきたのは、家を出たおかげで監視の目がなくなったというのが大きい。

「すみません」

おしとやかな振りをしておくべきだろうか。でも、できれば私らしくいたい。

「なんで謝るの？　焦ったり笑ったり……感情豊かな今の夏目もいいと思うよ、俺は」

それを聞いて少し肩の荷が下りた。

「今日の服装、よく似合ってる。でも、大学時代ともまた違うような」

彼のほうこそ、白いTシャツに黒いジャケット、そして細身のジーンズ姿がばっちり決まっている。とはいえ、褒められてうれしくないわけがなく、照れくさくてたまらない。

「この髪型にかわいらしい洋服はちょっと……」

何気なく言うと、彼がいきなり手を伸ばしてきて髪に触れるので、たちまち心臓が早鐘を打ち始めた。

「相変わらずサラサラだ。バッサリいったんだって？」

もしかして、矢野さんとの一件が噂になっているのだろうか。

「……はい」

「夏目にそんな度胸があるとはね。長い髪もよかったけど、今もすごくいいよ」

「ありがとうございます」

きっと慰めてくれているのだ。

髪を切ったあの日、誕生日プレゼントを渡そうとしたときに目が合ったけれど、私だと気づいたのだろうか。

「見苦しい姿をお見せしたでしょうか」

「あの日のことを言ってるの？　正直、夏目といえばストレートの長い髪だったから確信が持てなくて。後日、井上から髪を切った女の子の話を聞いて、夏目だとわかった」

「井上さん？」

意外なつながりに驚いて声をあげると、彼はうなずく。

「そう。同期なんだよ。地上勤務で整備をやってたときに親しくなったんだ。それより、もしかしてあの日、俺を待っててくれた？」

「あの日は、岸本さんの誕生日だと記憶していたのでプレゼントを渡したくて。おめでとうございます」

大学時代、部の仲間とジュースでお祝いしただけなのに覚えていたなんて引かれるかもしれないと心配しながらも告白した。

「覚えててくれてうれしいよ」

本当に？

気を使っているのかもしれないと思ったけれど、彼がにこやかな表情を崩さないのでホッとした。

「ハンカチもありがとうございました。もしご迷惑でなければ、もらっていただけませんか?」

持ってきていたのをすっかり忘れていた私は、ハンカチと靴磨きセットの入った紙袋を差し出した。

けれどもあの日、彼が誰からもプレゼントを受け取らなかったのを思い出して、やはり迷惑かもしれないと怖気づく。

「……いらなかったら捨ててください」

「まさか」

「でも、彼女さんがいらっしゃったら気を悪くされるかもしれませんし」

自分で恋人の存在に触れたくせに、答えを聞くのが怖い。

岸本さんほどの人に彼女がいないわけがない。以前見かけた仲がよさそうなキャビンアテンダントかもしれないし、プレゼントを受け取らなかったのも、彼女がいるからなのかも。

今も、後輩からのプレゼントを無下に断れないだけに違いない。

自分にそう言い聞かせるのは、付き合っている人がいると告白されたときのショックを和らげるためだ。

「彼女なんていないよ。俺、早く一人前のパイロットになりたいから仕事に集中したくて、今は誰かと付き合う余裕なんてないんだ」

彼女、いないの？

ホッとしたのと同時に、誰とも交際する気がないと知り、こうして会ってもらえる私は眼中にもないのだろうなと勝手に落胆する。

プレゼントをひとつも受け取らなかったのは、男女の関係に発展する可能性があると相手に期待させないためだろう。つまり、私はそうした心配をする必要がない存在なのだ、きっと。

「うれしいよ。ありがと。これ、車に行ってから開けていい？」

私の心配をよそにあっさり受け取ってくれた彼は、優しい笑みをこぼす。

「はい」

「それじゃ、こっち」

彼はさりげなく私の腰に手を置いて、駐車場へと促した。

私は少し触れられただけでドキドキしてしまうのに、彼はいたって平然としている。

こんなことは日常茶飯事に違いない。

「どうぞ」

岸本さんが助手席のドアを開けてくれたのは、ベンツのステーションワゴン。白いボディがピカピカに磨かれているのが、いかにも彼らしい。

「失礼します」

緊張しながら助手席に座ると、丁寧にドアを閉めてくれた。

自分も運転席に乗り込んだ彼は、紙袋からプレゼントを取り出して包装を解いていく。

どんな反応をされるのか心配で緊張しながら見ていると、うれしそうに目を細めるので、嫌がられてはいないとわかってホッとした。

「靴磨きか。サンキュ。なんか、夏目らしいプレゼントでうれしいよ」

「なにがいいかわからなくて」

「俺のために悩んでくれたんだ」

その通りだけれど、そんなふうに言われるとくすぐったい。

恥ずかしくなってしまった私は、彼から視線を外した。

「岸本さんがエンジンを磨いている姿が思い浮かんで」

「それで、磨くつながりか。実は靴磨き、今でも趣味なんだよ。なんでも磨き上げてやると愛着が湧くだろ?」

その問いかけにうなずく。

「毎回フライトが終わると、無事に帰ってこられましたとお礼を込めて磨くんだ。アイロンがけは難しいからシャツはクリーニングだけど」

靴磨きのほうが手間がかかりそうなのに、アイロンは苦手なのか。

「次のフライトから早速使うよ。ありがと。あっ、ハンカチも」

「あのときはお気遣いいただいてすみませんでした」

もう一度お礼を口にして頭を下げる。すると彼はふっと笑った。

「本当のことを言うと、夏目が整備士をやってると知ってびっくりして。話をしたいなと思ったんだ。だけど、いきなり連絡先を渡したりしたらナンパみたいだろ? それでハンカチ作戦を思いついたんだけど、どっちにしてもナンパだったたな」

「ナンパだなんて……」

彼は少しばつが悪そうに笑っているけれど、あんな濡れネズミをナンパの対象にしようと思う人は絶対にいない。

「さて、とりあえずレストランに行ってから話そうか」

彼はプレゼントを後部座席に置くと、エンジンをかけて車を発進させた。

「三リッター直列六気筒ターボエンジン」

「えっ？」

「エンジン単体で、最高出力四百三十五ＰＳ、最大トルク五百二十ニュートン・メートル」

突然エンジンの話をしだした彼は、チラッと私を横目で見る。

「加速がいいのはそのせいですね」

最高出力というのはいわゆる馬力で、トルクは加速のときにエンジン回転を上昇させる勢いのこと。トルクの大きなこの車は加速がいいのだ。

思えば大学時代のサークルでも、こんな話で持ちきりだった。今思えば、ずいぶんマニアックな集団だった。

「やっぱり整備士だな」

「すみません。職業病です」

謝ると、クスクス笑われる。

「俺もだから心配いらない。こういう話に乗れる女の子って、なかなかいないから新鮮だ」

たしかに、車の見た目よりエンジンの話を聞いて心が躍る女性なんて、私くらいかもしれない。

「故障したら直してくれる？」

「もちろんです」

なんて、大口を叩いてしまった。

「ようやく緊張がほぐれたみたいだな」

「あ……」

「やっぱり、夏目にはエンジンの話だ」

いきなりエンジンの話をしたのは、私の緊張をほぐすためだったのか。

自動車部でも、よく皆で熱く議論を交わしていた。私は隅で聞いているだけだったけど、楽しい時間だった。

「航空機を操縦できるくらいですから、車の運転なんてお手のものですか？」

ふと湧いた疑問をぶつけると、彼はうなずきながら口を開く。

「そうだな。見なければならない計器は少ないし、なんといっても墜落の危険がない。でも、大切なお客さまを乗せてるから慎重に運転するよ」

お客さまって私？

「夏目、大学時代より表情が明るくなったね。それに、話し方もハキハキしてる」

「はい。整備をしていると、ぼそぼそしゃべっていては伝わらないので。時間との勝負をしているうちにこんなふうになりました」

幼少の頃の私はどちらかというとおてんばで、公園を走り回るのが大好きだった。両親におやかな振る舞いを求められたため、大きくなるにつれ口数が少なくなったものの、整備士として働いている今の自分が素に近い。

「そうか。実はちょっと気になってたんだ、夏目のこと。大学生の頃は、いろんなものをあきらめてしまったような悲壮感が漂ってたから」

ただの後輩だった私を気に留めていてくれたなんて感激だ。

「あっ、あの……。私、岸本さんに言わないといけないことがあって」

「改まって、なに？」

「岸本さんが、自分の人生は自分のものだと教えてくれたから、整備士になれました。ありがとうございました」

彼に向かって頭を下げた。

たとえ二十五歳までだったとしても、私は私の人生を手に入れた。彼に背中を押してもらえなければ、ずっと籠《かご》の中の鳥だったに違いない。

「そんなたいそうなことは言ってないから。ああ、そうか、夏目ってどこかミステリアスだと思ってたけど、そういうとこかも」

「ミステリアス？」

「そう。賢そうなのに、なんていうか、誰でも知っているようなそういうことは欠けてるというか……。俺たちとは価値観が違うのかと思ってたけど、そうでもない。単に、自分の人生は自分のものというあたり前のことを、本当に知らないのが不思議で」

そうか、あたり前なんだ。

「そうでしたか」

「すごい良家のお嬢さんで、蝶《ちょう》よ花よで育てられたとか？」

彼は冗談のつもりなのだろうけど、あながち間違ってはいない。資産家のひとり娘として大切に育てられたのは否定できないし、箱入りと言われたらそうなる。

ただ、それだけではない複雑な事情があるのだ。

「そういうわけでは……」

その事情をうまく説明できそうになくて、言葉を濁した。

「ごめん、余計なこと聞いた？」

赤信号でブレーキを踏んだ彼は、心配げに見つめてくる。

「とんでもないです」

慌てて笑顔を作って言うと、彼は安心したようにうなずいた。

「そう、よかった。ハンバーグ、そこ」

彼が指さす先には、パリの小径《こみち》を歩いていると錯覚しそうなおしゃれな外観のフレンチレストランがあった。ハンバーグをお願いしてしまったのでカジュアルなレストランを想像していたのだが、高級店のようだ。

まさか、こんなお店にハンバーグをねだらせたとは。申し訳ないことをした。

「すみません、ハンバーグ……」

「大丈夫。ここ同期のパイロットの月島や井上とよく来るんだけど、すごく居心地がいいんだ。シェフもいい人で、ハンバーグをリクエストしたら『腕によりをかけます』と快諾してくれたよ。新しいメニューができたりして」

岸本さんもシェフも優しい人でよかった。

「そういえば、夏目の話を井上から聞いたのもここ。行こうか」

井上さんとそんなに仲がいいとは。それにしても私の話って、なにを聞いたのだろう。もしかして、できの悪い新人だとか?

冷や冷やしながら駐車場に車を停めた彼についていくと、窓際の席に案内された。

「お飲み物はいかがなさいますか？」

「私は炭酸水で。夏目は飲める？」

「私も炭酸水で」

実は両親からアルコールの類《たぐい》も禁止されていて、飲んだ経験がないのだ。だから飲めるかどうかも知らないし、運転がある岸本さんが飲まないのに、私だけ飲むわけにはいかない。

「かしこまりました」

丁寧に腰を折ったウエイターが行ってしまうと、彼は口を開く。

「遠慮しないで飲んでいいぞ」

「いえ」

「そういえば、部の飲み会にも来なかったよね」

何度か誘ってもらったけれど、門限があるし、自動車部に所属していることは両親に秘密にしてあったので行けなかった。

「はい」

「まあな、ヤロウばかりのむさくるしい飲み会だもんな。行かなくて正解かも。夏目、絶対に狙われるし」

「狙われるとは？」

首をひねりながら問うと、彼は不思議そうな顔をする。

「本当に純粋培養で育ってきたんだな。それなのに強引に誘ってごめん」

「えっ？」

どういう意味？

「狙われるというのは、女として目をつけられるってこと」

「まさか、ありえません」

声を大にするが、彼はため息をついて首を横に振っている。

「夏目は今時珍しいくらい純粋な女の子だ。だけど、そういう女の子を好む男はわんさかいる。そんなかわいい顔をしてる上に性格までいいんだから、今まで無事だったのが不思議なくらいだ」

無事？　男の人に目をつけられずに済んだということ？

それにしても、かわいいだの性格がいいだの、社交辞令だとわかっていてもうれしすぎる。

「整備だって男だらけじゃないか」

「そうですけど、仕事の話以外はあまりしないので」

師匠のような池尻さんとはよく会話をするし、その時々で彼とペアを組む整備士とももちろん話す。あとは、研修の一環として同期でのディスカッションの機会があるのだが、積極的に口を開くのはそのときくらい。休憩時間は勉強しているからか話しかけてくる人もいない。

「そっか。真面目を通り越して堅物だな」

「堅物……」

「悪い意味じゃなくて。仕事の話だけだと疲れるだろ？」

少し首を傾《かし》げて尋ねてくる彼の笑みが柔らかくて落ち着く。

「大学の頃の夏目、なにかに縛られているように感じてたんだけど、整備士になったんだから解放されたのかなと思って安心した。でも井上から、夏目はいつも栄養補助食品片手に勉強してると聞いて、気になったというか疲れそうだなって」

心配して誘ってくれたのだろうか。本当に優しい人だ。

「すごい精神力だなと感心したんだ。パイロット訓練のとき、こんなに勉強したことがないというくらい勉強漬けだったけど、仕事を離れれば休息の時間はあったから。月島とよく、日本に帰ったらあれが食べたいとかどこに行きたいとか話してた」

私もそんな生活にあこがれる。でも、自由な時間をようやく手に入れたという気持ちのほうが強くて、やれることは全部したいと焦っているのかもしれない。

そこに炭酸水と前菜が運ばれてきて、一旦話が途切れた。

「久々の再会に、乾杯」

「乾杯」

グラスを少し持ち上げて乾杯したあと、炭酸水をのどに送った。そして前菜のソーモン・フュメにナイフを入れる。

「おいしい」

ほどよく脂ののったサーモンが口の中で溶けていく。塩加減がとても好みで、添えられている新鮮なアスパラガスがいいアクセントになっている。

「よかった。夏目、テーブルマナーが完璧だね。やっぱりお嬢さんなんだ」

その言葉には曖昧《あいまい》に笑っておいた。

テーブルマナーは厳しくしつけられたので、恥ずかしくないくらいにはできるはず。けれど、家での食事でも粗相を許されなかったため、食事の時間はあまり楽しみではなかった。

でも、こうして褒めてもらえるのだからよかったと思わなければ。

そういう岸本さんも音も立てずに食べ進んでいて、その所作は洗練されている。彼こそ良家のご令息ではないだろうか。

「真っ黒ですけど」

彼にまじまじと見つめられて急に日焼けした肌が恥ずかしくなり、うつむいた。

「たしかに、大学時代よりは焼けてるよね。だけど、あの頃よりずっと顔色がいいというか……。うーん。なんと言ったらいいんだろう」

彼は手を止めて考え始めた。そしてしばらくすると、顔を上げた私に視線を絡ませて、にっこり笑う。

「わかった。生きてるんだ」

「生きてる？」

「そう。日焼けしてない白い肌もきれいだったけど、今は生気がオンされていて、俺はこっちのほうがいいと思う。大学の頃はふっといなくなってしまいそうな儚《はかな》さがあったというか……」

うんうんと納得している様子の彼は、ようやくサーモンを口に運んだ。

いなくなってしまいそうな儚さ、か。本当の夏目鞠花は空っぽだったからあながち間違いでもない。

「そうだなぁ。つかみどころがないというか、いつも遠くを見ているというか……。

夏目は目の前にいるのに、心は別の場所にあるような……って、なに言ってるかわからないな、俺」

彼は自嘲《じちょう》気味に笑うけれど、すべて見透かされているようで心臓がギュッと縮む。

ただなんと答えたらいいのかわからず、炭酸水を口に含んだ。

「俺の夏目の印象は、優しく微笑みながら黙って周囲の話に耳を傾ける、女神さまのような存在だった――」

「女神さまって！」

あまりに突拍子もないことを言われて、声が上ずる。

「でも、再会したら意外と元気に話すから驚いたんだよ。神聖化しすぎてたかも」

「神聖化なんて、やめてください」

「見た目からして女神さまだったじゃないか」

「まさか」

私は首をふるふると振って否定した。

会話の合間に濃厚なグリーンピースのスープを口に運ぶ。岸本さんとこうして食事ができるなんて夢みたいだ。

スープのあとは、メインのハンバーグ。私が想像していたハンバーグとは違い、フォアグラ入りだった。ソースはデミグラスではあるけれど、しょうゆを利かせているのだそう。

「肉汁が……」

ナイフを入れると、ジュワッと肉汁があふれてきて思わず声が漏れた。

「これは……。夏目の理想のハンバーグとは違うかもしれないけど、頼んでよかった」

彼も目を細めている。

「いえ、最高です。わざわざ頼んでくださってありがとうございます」

「どういたしまして。ハンバーグに思い入れがあるの?」

彼もナイフを動かしながら聞いてくる。

「母がよく作ってくれたんです。最後の手料理も……」

「最後?」

「いえ、なんでもありません」

岸本さんは話しやすくて、自然と言葉がこぼれる。けれど、余計な話だった。

「そう……」

彼は不思議そうな顔をしつつも、食事を続ける。

「少し踏み込んでもいい?」

「えっ？　……はい」

ハンバーグを飲み込んだ彼が唐突に言うので身構える。

「ノーコメントでもOKだから」

それほど深刻な質問なのだろうか。緊張が高まり、息苦しい。

「はい」

「整備士になるの、ご家族に反対された？」

もっと深い切り口で来ると思っていたのでホッとした。

「……そうですね」

「だろうな。俺の見立てでは、夏目は立派な家のお嬢さんだ。ご両親にも大切に育てられたんだろう。そんなかわいい娘が、雨に打たれる現場で汗水たらしながら手を油まみれにして働くのが、ご両親には受け入れがたい」

「その通りです」

「ひょっとして、髪を切ったのも叱られたんじゃ？」

彼は千里眼でも持っているのだろうか。

「実はまだ打ち明けてなくて」

「そう」

しょっちゅう実家に顔を出せと連絡は来るけれど、髪を切ってからは一度も行っていない。母がショックを受ける姿が目に浮かぶからだ。

「秘密でいいんじゃないか?」

「秘密?」

そんなふうに考えたことがなかったので驚いた。

「そう。だって夏目の人生は夏目のものだ」

大学時代と同じ言葉が、胸に刺さる。

そうだった。私の人生は私のものだ。たとえ今だけでも、私の……。

「今回は不本意な髪の切り方だったかもしれないけど、ご両親の理想通りじゃないからと叱られるのは違うと思う。そうだな……実家に行くときはウィッグをかぶるとか」

「そっか」

その手があったか。

「その顔」

「顔がどうかしましたか?」

「夏目、時々素が出るんだよね。多分無意識だけど」

素が出るって……。ということは、いつもは素じゃないと?

「さっきエンジンの話をしてたときも素だった。笑顔が全然違うんだよ。生き生きしてる。でもご両親、厳しそうだね。俺は告げ口しないし、誰にも話したりしないから、もっとリラックスしてなんでも思ったことを話しなよ。相手が俺じゃ嫌か」

「とんでもない」

私がなににも縛られずに私のままでいられるとしたら、こんなにうれしいことはない。それに、素の自分を岸本さんに受け入れてもらえるとしたら……もう死んでもいいくらい幸せだ。

「社交辞令はいらないぞ」

「違います。うれしいです」

本音を漏らしてしまい、恥ずかしさのあまり視線を泳がせる。すると彼はクスッと笑った。

「それは光栄だ。それじゃあ、今日は練習。理想の自分なんて考えずに、好きに話してごらん」

と言われても、ずっと周囲の視線を意識しながら生きてきたので簡単ではない。

「あはは。難しい顔して。いいぞ、そんなことできない！と反発するのも夏目の一部だ」

そう答えたものの、たしかにそんな軽く言われてもできないと思った。

でも、今の言葉で肩の荷が軽くなった。すぐには無理かもしれないけれど、彼の前では本当の自分でいたい。

「ハンバーグが冷める。食べよう」

「はい。いただきます」

それから私は、いつもより大きな口でハンバーグを食べ進んだ。おいしくて止まらないというのもあったけれど、マナーに気をとられてばかりの食事は食べた気がしないのだ。せっかく岸本さんが頼んでくれたハンバーグをしっかり味わいたかった。

「うまいな、これ」

「はい。時々感じるフォアグラの食感がたまりません」

「そうそう。口の中で溶ける」

彼が楽しそうに食事を続けるので、私の気分も上がっていく。

「夏目、整備の中でどこの道に進むつもり？　まだわからないか」

新人は、今携わっているライン、そして格納庫内で行う重整備のドック、エンジンや油圧系統等々を外して整備をするショップの各現場を回り、希望や適性で配属先が

「反発なんて……」

決まる。

「そうですね。今教育していただいている池尻さんには、電装関係が得意そうだねと言われてはいます。でも、いつかはエンジンを触れるようになりた……」

「どうした？」

いきなり口を閉ざしたからか、岸本さんが眉根を寄せて心配げに私を見つめる。

「すみません」

「謝らなくていい。とにかく食べよう。ここはデザートもうまいぞ。甘いもの好き？」

気を使わせてしまった。けれど、空気が変わってホッとした。

「大好きです。アイスがすごく好きなんです。冬でも食べます」

「あー、わかる。寒くてもちょっと濃いアイスが食べたくなるときがあるよな」

岸本さんも？　甘いものとは無縁そうなので驚いた。

「アイス、お好きなんですか？」

「好きだよ。すごく好き」

彼は優しい笑みを浮かべながら、私に視線を合わせる。

その発言が、もちろん私のことではなくアイスについてだとわかっているのに、勝手に鼓動が速まっていく。

「アメリカはアイスクリーム屋が多いんだ。訓練でストレスがたまると、こんな大きいアイスを買ってきて、月島と一緒に競うように食べてたな」

彼は両手で大きさを示してみせる。一リットルくらいはありそうだ。

「それだけカロリーをとっても、ストレスと訓練のハードさで痩せるんだよ。月島は甘いものをパクパクいく口じゃないんだけど、あの頃は貪るように食べてた」

パイロット訓練は厳しく、また何度もある試験で一度でもつまずくとパイロットの道を閉ざされるため、緊張感でいっぱいだと聞く。やはり過酷だったようだ。

「それじゃあ、嫌な思い出ではないですか？」

「つらかったのは否定しないけど、ワクワクもしてたんだ。ここさえ踏ん張ればもうすぐ夢に手が届くって」

なるほど。私もそうかもしれない。毎日勉強漬けで苦しいこともあるけれど、好きな仕事に携われるワクワク感がそれを上回っているから続けられる。

「そうなんですね」

「うん。訓練を無事に終えたときの喜びというか解放感というか……あんな気持ちはもう二度と味わえないかもしれない。それだけ充実してたんだろうな」

岸本さんが声を弾ませて語るので、私も頬が緩む。

先ほど今の私を『生きてる』と表現していたけれど、まさに彼がそうなのかもしれない。彼は今を生きている。

「整備士の研修も厳しいだろ？」

「はい。タイヤ交換が遅いと叱られてしまって」

「ああ、先輩たちは見事なチームワークであっという間に付け替えるもんな。でも、まだ現場に出たばかりだろ？　できなくても落ち込む必要はない」

彼は食事の途中でも、いちいち私の目を見て話すので照れくさい。

「頑張ります」

「あのタイヤの前だと、夏目のサイズでは隠れてしまいそうだな」

「よく言われます」

「やっぱり？」

岸本さんは白い歯を見せる。その笑顔があまりにもさわやかで、ドキッとしてしまうほど。

うまく話せるか心配していたのに、彼の会話が巧みなのかすごく楽しい。好きな人とふたりというのはもちろんだが、やはり心が解放されているのだ。

ハンバーグを食べ終わると、デザートが出てきた。桃のムースとバニラアイス、そして数種類のベリーがソースと一緒に白い皿の上に絵のように盛りつけられている。

「食べるのがもったいないです」

「たしかに。だけど食欲には負ける」

そう言う岸本さんがあっさりスプーンを入れるので、笑ってしまった。

「私もです。ごめんなさい」

同じようにスプーンを入れると、今度は岸本さんがおかしそうに肩を震わせている。

この時間がずっと続けばいいのに。

そんなことを考えながら、ムースを口に運んだ。

食事を終えると、再び車に乗り込む。

「すみません。ごちそうさまでした」

食事代は岸本さんがスマートに払ってくれたのでお礼を言った。

「俺が誘ったんだし気にしない。井上なんておごれって図々しくワインがぶ飲みしてたぞ。少しは見習え。いや、井上を見習うのもな……」

おかしな葛藤をしている彼を前に、笑みがこぼれる。

「あのさ、まだ時間ある？」

「はい」

「まだ話し足りないんだ。ちょっと付き合わない？」

「もちろんです！」

彼の提案がうれしすぎて大きな声が出てしまう。ハッとして口を押さえると、「元気だな」と笑われてしまって恥ずかしい。

でも、あこがれの人から話し足りないなんて言われたら、舞い上がるのも当然だ。

彼は車を走らせて、とあるカフェのドライブスルーでクリームがたっぷりのったアイスカフェオレを買ってくれた。どうやらさっきデザートをおいしそうに食べていたかららしい。

彼はアイスコーヒーを買い、また車で移動する。どこに行くのかと思いきや、羽田空港の近くにある海浜公園だった。

「うわー。すごい」

噂には聞いていたけれどこの公園を訪れたのは初めてで、いきなりテンションが上がる。南風が吹く今日は、B滑走路に着陸する飛行機が真上を飛んでいくのだ。

「毎日のように触ってるくせに」

私の隣に来て同じように空を見上げる彼は、クスクス笑っている。

「仕事中は緊張していてリラックスして見られないんです。だから時々仕事帰りに展望デッキに眺めに行っているくらいで」

　正直に告白すると、彼はおかしそうに頬を緩ませた。

「飛行機バカだな。まあ、俺もそうだけど」

　そう話す彼にいきなり腰を抱かれて驚いたが、彼は平然としている。

「とっておきの場所、教えよう。こっち」

　木陰にあるベンチに促された私は、ドキドキしながら隣に腰掛けた。

　肩と肩が触れるほどの距離では、速まる鼓動が彼の耳に届かないか心配になる。

「うまくいかないことがあって機長に叱られると、ここに来てぼーっと飛行機を眺めるんだ」

　彼は再び空に視線を移して話しだす。

「叱られることなんてあるんですか？」

「しょっちゅうだよ。パイロットの判断ひとつで乗客の安全が左右される。だから、ほんのわずかなミスでも指摘されるし、そういうときはひとり反省会だ」

　彼ほど優秀な人でもそうだとは。でも、誰しもそうやって一人前になっていくのだろう。

「それで自分が情けなくなると、ここに来るんだ。こうやって眺めていると、悠々と飛ぶ飛行機のかっこよさに惚《ほ》れ惚《ぼ》れして、俺もあれを操縦してるんだな、なかなかすごいことをやってるんだなって、気持ちが上がってくるんだよ……って、笑っただろ」

いつも凛々しい彼にも、意外とかわいらしいところがあるんだなと思っていると、彼に頬を指で突かれてドキッとする。まるで恋人同士が戯《たわむ》れているような自然な触れ合いに照れたのだ。彼にはそんなつもりがないのはわかっていても。

「わ、笑ってませんよ？」

「あやしいな」

「岸本さんはいつもすごいし、かっこいいですから」

そう口にしてから後悔した。あこがれていることを告白してしまったかのように感じたからだ。

気まずくなって視線を落とすと、彼が口を開く。

「持ち上げ上手だなぁ。今度叱られたときは夏目のところに行くよ。慰めて」

持ち上げているわけじゃないのに。でも、本音だとは気恥ずかしくて明かせない。

「また来た。あのエンジン音、たまんないだろ？」

「はい。ゾクゾクします」

それこそ間近で聞いているが、エンジン音の異常についても気を配らなくてはならないため、こんなふうに楽しめない。

「いいねぇ。飛行機好きと話してると楽しくてたまんない」

岸本さんは私のほうに顔を向けて、優しい笑みを浮かべる。

――私は飛行機好きの〝あなた〟との時間が楽しくてたまらないんです。

そう心の中でつぶやくも、当然口には出せなかった。

見られているのが照れくさくなり再び空を見上げると、手に持っていたカフェオレがなくなった。岸本さんが持っていったのだ。

「ちょっとくれ」

そう言った彼がおもむろにそれを飲みだすので、目をぱちくりさせる。だって……同じストローを使うだなんて。

「うわっ、甘っ。余計に喉が乾く」

どうやら自分のコーヒーは飲んでしまったようだ。

「自販機あった。水、買ってくる」

私にカフェオレを返して立ち上がり、自動販売機に向かう岸本さんのうしろ姿を見つめながら、速くなった鼓動を落ち着けようと必死に呼吸を繰り返す。

きっとこんなことは皆、日常茶飯事なんだ。私が知らないだけ。

そう自分に言い聞かせるも、胸の高鳴りは収まる気配もない。

ペットボトルを手にした彼が振り返ってこちらを見るので、動揺を悟られまいと反射的にカフェオレのストローを咥《くわ》える。ところが、彼が飲んだばかりだと我に返った。

「顔、赤くない？　どうかした？」

「き、気のせいですよ」

再び隣に座った彼に指摘されて、焦りに焦る。

「そっか。でも、俺は赤いだろ。実は夏目と久しぶりに話せてドキドキしてる」

彼の顔は赤くもないし、社交辞令なのは承知している。それでもその言葉がうれしくて、ますます頬が上気してしまう。

それからしばらくふたりで空を眺めていた。航空機についてのマニアックな話をしながらの楽しい時間はあっという間に過ぎていく。

「そろそろ帰るか」

もうすぐ十六時。彼が腕時計を見てそう言ったとき、ずっとこうしているわけにはいかないとわかっていても残念でたまらなかった。

「今日は楽しかった。夏目の笑顔も見られたから大満足」

「あ……」

そういえば人前でこんなに笑ったのは久しぶりだ。

「感情を押し込めすぎると苦しくなる。俺、なかなかつかまらないかもしれないけど、苦しくなったら連絡してこい。練習、付き合うから」

理想の自分を考えず、好きに話す練習のことだろう。

「ありがとうございます」

また連絡してもいいと思うだけで、泣きそうなくらいうれしい。

本当は最後に好きだという気持ちを伝えて、それで終わりにするつもりだったものの、やめた。

デートとは言えないけれど、ふたりで楽しい時間を過ごすことができただけで満足していた。それなのに、また会ってもらえると思うと欲が出る。

もう少しだけ、彼の近くにいたい。きっと告白してしまったら、コーパイの仕事に集中したいという彼と二度とこんな時間は持てなくなる。

マンションの前まで送ってくれた彼は、わざわざ車を降りてきてくれた。

「今日はごちそうさまでした」

「うん。俺こそ靴磨きセットありがとう。帰ったら早速磨くよ」

「はい」

背の高い彼を見上げると、にっこり笑ってくれる。

「ちっさいな」

彼が私の頭に手を置いて笑うので、心臓が跳ねる。

「す、すみません」

「いや、小さくてかわいいなと思ったんだ。妹みたいだ」

『妹みたい』という言葉が胸をえぐった。私はただの後輩で、恋愛対象には決してならないとわかっていたのに、勘違いするなよと、とどめを刺された気分だ。

「光栄です」

そう返すので精いっぱい。

手を離した彼は、苦しくなってうつむいた私の顔をのぞき込んでくる。

「いいか。頑張りすぎるな。夏目は壊れてしまいそうで、見ている俺が怖い」

「はい」

心配してもらえるのはうれしいけれど、告白前に失恋した気がして胸が痛くてたまらない。

「それじゃあ」

「ありがとうございました。お気をつけて」

それでも別れのときは笑顔で。

久しぶりに会った後輩のために貴重な休日を潰してくれたのだから。

走り去っていく車を見つめて立ち尽くす。

「好きです。……大好きです」

そして口にできなかった言葉をつぶやいた。


楽しい食事から十二日。夏目家に呼び出された私は、岸本さんの提案通り、短くなった髪を隠すために、黒髪のロングヘアのウィッグをかぶって向かった。

母が気に入りそうな淡い黄色のワンピースを纏い、久しぶりにメイクもしっかり施して、五センチというほどよい高さの白いパンプスを履くのも忘れずに。

それなのに、玄関で出迎えてくれた母の顔が瞬時に険しくなった。私が日焼けしているのが気に入らなかったのだ。

「どうしてこんなに焼けてしまったの？　女の子はお肌を大切にしないとだめでしょう？」

眉をひそめて私を責める母は、いまだ私が整備士の仕事をしていることを快く思っていない。今すぐにでも辞めさせたいという気持ちがありありと伝わってきた。

「こんにちは」

そんな母を止めてくれたのは、ちょうどやってきた、私より七つ年上の太田克己《おおたかつみ》さんだ。

少しくせのある髪を持つ彼は、切れ長の一重の目を細めて私を見つめた。身長は百七十四センチらしいが、細身のためかそれより高く見える。

彼は大手商社に勤めており、シンガポール支社に出向していた。あと三年ほどしたら帰国するはずだったのだけれど、突然日本に戻ってくることになったという。

「お母さん。今日はお誘いありがとうございます」

「来てくださってうれしいわ」

太田さんが母を『お母さん』と親しげに呼んで丁寧に挨拶をすると、母はたちまち上機嫌になる。

「とんでもない」

恐縮する太田さんは、次に私に視線を移した。

「お久しぶりです。お元気でしたか?」

「はい。太田さんもお元気そうでなによりです」

通り一遍の挨拶を交わすと、彼の眉がピクッと上がった。

「他人行儀ですよ。克己でいいと言ったじゃないですか」

母が私たちの会話をにこやかに見ている。

「申し訳ございません」

「さあさあ、中でお話ししましょう。克己さんのお好きなケーキもご用意しているんですよ」

「それはうれしいです。お気遣いありがとうございます」

彼は口の端を上げて声を弾ませるけれど、本当は甘いものが嫌いなのを私は知っている。以前我が家を訪れたとき、母がケーキを出したら大げさに絶賛したため、母は勘違いしているのだ。

表と裏の顔を使い分けるなんて、彼にとっては日常茶飯事なのに。

脱いだパンプスをそろえてリビングに向かおうとすると、太田さんが待ち構えていた。

「まさか整備士になられるとはびっくりでしたよ」

にこっと笑う彼だけれど、勝手な振る舞いを怒っているはずだ。

「そうですか？　天職ですよ。それより、こんなに早くお戻りになるとは、どうかされたのでしょうか？」

私も負けじと作り笑顔で対抗すると、彼はあからさまに眉をひそめた。

「どうしたの？」

しかし先に歩いていった母に声をかけられた瞬間、再び好青年を装うべく「どうぞ」と私に手を差し出してくる。

本当は触れたくもないけれど、母がじっと見ている。私は仕方なく手を重ねた。

リビングでは父が待ち構えていて、うれしそうな顔で私たちを出迎えてくれた。

「よく来たね。克己くんも久しぶり」

「はい、お久しぶりです。無事に帰国しました」

父が握手を求めると、太田さんはその手をしっかり握った。

母が父の隣のソファに座ると、太田さんはあたり前のように父の対面に腰を下ろした。仕方なく彼の隣に腰掛けると、父が早速口を開く。

「そんなに日焼けして……。こうして克己くんも戻ってきたことだし──」

「そうよ。仕事なんてすぐに辞めなさい。結婚式の準備をしなくちゃね」

父の発言を遮る母が、晴れやかな顔つきで語り始める。

太田さんは私の婚約者なのだ。私の意思など関係なく決められた、許婚《いいなずけ》。

大手電機メーカーのトップに立つ父は、常々跡取りを欲しがっていた。しかし男児に恵まれず、婿《むこ》養子を迎えることに決めた。それで私が十八になったとき、太田さんに白羽の矢を立てたのだ。

メガバンクの重役である太田さんのお父さまと父は付き合いがあり、家が近所なのもあって、克己さんのことも幼い頃から知っていた。父が太田さんのお父さまにいずれは婿養子をもらいたいと打ち明けたら、うちの次男はどうだという話になり、とんとん拍子で婚約に至った。

複雑な事情から私にはそれを断る権利がなく、太田さんは父の会社を継げるというメリットにあっさり乗ったのだ。

「いえ。二十五歳までは自由にさせていただけるというお約束――」

「それは克己さんが日本に戻ってくるまでという意味だったのよ。もうこちらに戻られたのだから、すぐにでも結婚しなさい。克己さんもうちの会社に転職して、早く仕事を覚えてもらったほうがいいでしょう？」

母の饒舌《じょうぜつ》は止まらない。意にそぐわない婚約まで受け入れているのだから、たったひとつの願いだけはどうしても守りたい。

『誰がなにを言おうとも、自分の人生は自分のものだ』

岸本さんにもらった言葉を思い出しながら、もう一度口を開く。

「まだ働き始めたばかりなんです。これから覚えていくこともたくさん――」

「そんな必要ないわ。克己さんの妻として恥ずかしくない振る舞いをすればいいの。あなたは賢い子だもの。わかるわよね、静奈《しずな》」

〝静奈〟と呼ばれて顔が引きつる。

でもそれは私だけで、父も太田さんも平然とコーヒーを口にしていた。

彼女にちらつく影 Ｓｉｄｅ広夢

井上に、夏目が上司の嫌みに対抗するために髪を切ったと聞いてから、ずっと気になっていた。

台風で大荒れのその日、小さな体をびしょ濡れにして整備をする夏目を偶然見つけて、とっさに連絡先を渡したのだが、もしかしたら迷惑だったかもしれないとも思っていた。

俺はただの大学の先輩で、しかもそれほど親しかったわけでもない。そんな俺に連絡してこいと言われても戸惑うのではないかと。

ただ、誕生日のあの日、廊下で俺を待っていたのだとしたら、彼女のほうも俺に話があるのではないかとも感じていた。おそらく、整備の仕事に就けたという報告だと。

大学時代、自分の人生の歩き方に悩んでいるようだったからだ。

さほど多く会話を交わしたわけではないのに、彼女の言葉のいくつかは今でも強烈に頭の中に残っている。

『決まった道しか歩けないのが苦しくて。なんのために生きているのかわからなくなったんです』

部室で、視線を床に落としてそうつぶやいたときの彼女を忘れられない。

苦しげな声を吐き出しつつ、しかしどこかあきらめて納得しているような複雑な表情。〝なんのために生きているかわからないけれど、生きなくてはならない〟というような切羽詰まった緊張感。

俺は、パイロットになるための努力はしてきたけれど、人生についてそれほど深く考えたことがなく、夏目の言葉に絶句した。

俺よりずっと深く物事を考えている夏目に、なんと声をかけてやればいいのか迷った。息がまともに吸えていないように見える彼女をなんとかしたくて、『誰がなにを言おうとも、自分の人生は自分のものだ。それになにを強制されても、夏目の心は自由なんだよ』と偉そうなことを口走った。

俺の周りにはいないけれど、親の敷いたレールの上を歩くことしか許されない人もいると聞く。彼女もその類なのかもしれない。身なりや言動から、いい家柄のお嬢さんなのは薄々わかっていた。だから羽目を外せないのだろうと思ったものの、自分を見失うほど悩んでいる夏目を見て、生きる意味を見つけてほしいと強く感じたのだ。

やりたいこと、なりたいものがあるから、困難があっても踏ん張れる。

俺のパイロット訓練もそうだ。あれが他人に強要されたものであれば、間違いなく訓練初日に音《ね》を上げて帰国していた。

夏目と出会ってそれほど接触がないうちに卒業してしまったが、時折彼女はどうしているかと考えることがあった。心配だったからだ。

とはいえ連絡先も知らない上、就職したら自分のことで精いっぱいになってしまい、なにもアクションを起こせていなかった。

その彼女が系列会社に勤めていると知って、会いたいと思わないわけがない。

『岸本さんが、自分の人生は自分のものだと教えてくれたから、整備士になれました』と報告を受けたとき、妙にうれしかった。俺の些細《ささい》なアドバイスで、彼女が自分自身の人生を取り戻したかのように思えたからだ。

ところが、食事に行ったときの反応は不思議なものだった。整備士になれたと喜んでいるわりにはどこか陰があり、まだなにかに悩んでいるように見えたのだ。

特に家族について尋ねると、口が重くなる。

ハンバーグについて聞いたとき、両親は健在のようなのに、彼女は『最後の手料理』と口にした。あれはなんだったのか。

少し踏み込みすぎたと話を変えたものの、整備士をしていることを両親に快く思われていないのは伝わってきた。

家族の意向なんてまったく関係なく、自分の目標に突き進んできた俺には驚きで、少し同情もする。だから、髪を切ったことを話していないように、なにもかも打ち明けず、好きなようにすればいいと余計なアドバイスをしたのだが、真面目な夏目の負担になっていなければいいと願っている。

今日は、夏目にもらった靴磨きセットで磨いた革靴を履き、伊丹便に搭乗するために出発の一時間半前に出社した。

きれいな靴というのは気分が上がる。今日のフライトはスムーズにいくといいのだが。

航路や気象情報などを確認するための運航支援者とのミーティングに向かう途中で「岸本くん」と呼び止められた。

「伊佐治《いさじ》か。これからフライト？」

伊佐治は同期のキャビンアテンダント。いつもにこにこ明るい彼女は、仲間からも慕われている。コーパイの三つ上の先輩、島津《しまづ》さんの彼女だ。

「そう。バンコク行ってくる。岸本くんは？」

「俺は伊丹」

「気をつけて行ってきてね」

彼女はにこやかに笑うものの、ふと真顔になる。

「どうかした？」

「良太《りょうた》さんが冷たいのよ。メッセージ入れても、ちっとも返事くれないの。なにか聞いてない？」

「いや、最近会ってないな」

パイロット同士でも、フライトスケジュールがたまたま重なるか、勉強会でもなければなかなか顔を合わせない。先日勉強会はあったものの、島津さんは来ていなかった。

「忙しいんじゃないか？　時差のあるところに飛ぶと、メッセージを返すタイミングも難しいと話してたぞ」

伊佐治も海外にも飛ぶし、そうした事情は理解しているはずなのに。

「そうだけど。……とりあえず、ブリーフィング行ってくる」

「うん、それじゃあ」

笑顔に戻った彼女は、運航前のミーティングのために慌ただしく去っていった。

伊佐治にはかわいそうだけど、島津さんはあまりマメな人ではない。だからといって彼女に飽きたとか別れたいというわけではないはずだ。三週間ほど前に会ったときは惚気《のろけ》ていた。

「うーん」

伊佐治のことで俺が連絡をするのもおかしいし、そもそも彼女に返事がないのに、俺のところに返ってくるとは思えない。ただ忙しいだけだろう。

そう思った俺は、そのままミーティングに向かった。

その日のフライトは、天候が穏やかなこともあり、ほぼ定刻通りに伊丹に到着。羽田に折り返して、次は新千歳に飛び、業務終了となった。

新千歳ではいつも使うホテルに早速チェックイン。キャビンアテンダントたちに食事に誘われたものの断って、部屋にこもった。食事はルームサービスでも取ればいい。コーパイとして乗務し始めたばかりなので緊張が続いていて、とにかくリラックスする時間が欲しいのだ。

それに……初フライトのときにお祝いだと誘われて、キャビンアテンダント数人と食事に行ったら、その中のひとりと付き合っているという噂を立てられて大変だった。

機長にも『半人前のくせに浮かれるな！』ときつくお叱りを受けてしまい、『初フライトを祝ってもらっただけでなにもありません』と必死になって弁解した。

あれから安易に食事の誘いを受けないようにしているし、誕生日のときのようなプレゼントもすべて断っている。

今、一番大切なのは、ひとつでも多くのフライトをこなして経験を積むこと。同期の仲間には彼女がいる者もいるけれど、彼女を作ったとしても相手を気遣う余裕が残念ながら今の俺にはない。

シャワーを浴びたあと、ベッドに横になる。そして今日のフライトを思い出しながらひとり反省会だ。

特に失敗をしたわけではないし、機長には褒められた。しかし、エンジンから火を噴こうとも無事に着陸させなければならない俺たちパイロットの責任は重い。

そういえば、夏目に連絡先を渡したあの日は、台風が迫っていて風が吹き荒れる最悪の天候だった。ゴーアラウンドが続出している中で、運よくダウンバーストが弱まったときに着陸できたが、今までで一番緊張したフライトだった。

そんなとき、髪から水滴を滴らせ、真剣に仕事に取り組む夏目を見つけた。彼女たち整備士が汗水たらして整えてくれた機体を安全に運航しなければと、強く思ったのを覚えている。

それと同時に、ちょっとよれよれの彼女を見てふと気が抜けた。俺も余裕がある振りをしているだけで、緊張の連続で疲れ果てていたからだ。

ボロボロになるのは、きっと新人の通る道なんだと少し安心した。

「どうしてるかな？」

スマホで時間を確認したとき、ふと夏目の顔が頭に浮かんだ。

彼女の悩みは解決しただろうか。いや、そんな短期間で簡単に解決するならあんな難しい顔はしないだろう。

家が厳しいのはわかった。しかし、もう自立している大人が、両親の言うがままになるだろうか。俺なら反発する。いろいろなしがらみがあるにしても、やっぱり夏目には夏目が望む人生を歩んでほしい。

こんなに誰かのことを真剣に考えるのは初めてだ。

「気になる……」

夏目と食事をしてから八日が経った。連絡してこいと言っておいたのに、まだ一度もない。前回のようにハンカチを返すという大義名分がないのでしにくいのだろう。かといって俺も特に用があるわけではなく、連絡できずにいた。

「そうだ、井上がいた」

井上の存在を思い出した俺は、【夏目の様子おかしくない？】と短いメッセージを送っておいた。

井上から返事が来たのは翌日、羽田に戻ってからだった。夜勤明けだという彼は、【特に変わりないけど】という素っ気ない返事。ところがそのあと、【やっぱり気になってるんだ。連絡先聞いておこうか？】と余計な文言がついていて、アイツがニタニタしながらメッセージを打っている姿を想像して気分が悪くなった。

「もう知ってるし」

これは夏目と食事をしたことも隠しておいたほうがよさそうだ。

とはいえ、いつも通り働いているようでホッとした。

それから一週間。俺はフランスのシャルル・ド・ゴール空港に降り立った。

十五時間超えのフライトはさすがに疲れる。長距離便は交代要員の機長がもうひとり乗り込むため、クルーレストと呼ばれる仮眠室で休憩は取れるものの、ふたりの機長を前にして心まで休めるのはなかなか難しいのだ。

今回は、フランスのホテルに二泊する予定。

海外ステイとなる場合、キャビンアテンダントはこぞって買い物に出かけるようだが、俺はホテルにこもっていることがほとんどだ。特に欲しいものがないし、時差ボケも解消しておきたい。

夜遅くに到着した翌日の朝八時半頃。ルームサービスで朝食をとったあとベッドの上で持参した本を読んでいると、スマホが鳴った。井上からのメッセージだ。

【夏目、やっぱちょっとおかしいかも。夜勤のときスパナなくして、指導係の池尻さんに大目玉食らってた。こんなこと一度もなかったんだけど】

それを見て緊張が走る。

「どうしたんだ……」

整備士にとって工具の管理はとても重要だ。ひとりずつ工具箱を与えられていて、それぞれの工具には名前と社員番号が記されているし、保管するときには鍵までかけてある。それだけ厳重に取り扱うのは、整備の際にねじ一本でも機内に置き忘れたら、それが安全を脅かすきっかけとなる可能性があるからだ。

そのため、整備士として働き始めると、まずは工具の整理整頓についてこんこんと説かれるし、誰かがなにかをなくしたときは、見つかるまで全員で捜す。

整理整頓が苦手な整備士も中にはいるが、あの真面目な夏目からは想像できない。

【疲れてるんだろうか】

【池尻さんの話だと、急に元気がなくなったらしいぞ。池尻さんのアドバイスを一言一句聞き漏らすまいという態度だったのに、ここ数日はどこかうわの空だって】

それはあきらかに変だ。

【岸本、今どこ？】

【フランス】

【使えねぇな】

知るか！と心の中で井上に反発しつつも、こんなときに日本にいないなんてと自分を呪った。

【夏目は今日は？】

【俺と同じスケジュールだったから、夜勤明け。明日と明後日は休みのはず】

それで、井上もスパナ捜しに借り出されたのだろう。

【連絡してみる】

【連絡先、知ってるのか？】

井上からのメッセージをスルーして、夏目のメッセージを開いた。

しかし、なんと送ったらいいのか……。井上から聞いて心配で、なんてまともに書いたら気にしそうだ。

考えに考え【元気?】という、とてつもなく素っ気ないひと言になった。

「使えねぇな、俺」

井上の言う通りだった。こんなときにこそ先輩としてうまく励ますべきなのに、本当に使えない。

現在、日本は十五時半のはず。夜勤明けなら寝ているかもしれないと思ったけれど、なんとなく起きている気がした。工具を置き忘れるという失態を犯した彼女は、眠れないほど猛省しているだろうから。

案の定すぐに既読になったが、一向に返事が来ない。返事ができないほどダメージを受けているのかもしれないと心配になり、電話をかけようとしたそのとき、ようやくメッセージが来た。

【元気です。ご心配をおかけしていましたか?】

ああ、聞き方を間違えた。俺に負担をかけまいと気遣うのはわかっていたのに。元気がないなんていう返事を夏目がするわけない。

【今、電話していい?】

声を聞いたほうが手っ取り早い。文字には感情が乗らないからだ。

そう思っての提案だったが、またしばらく返事がなかった。

嫌なのかもしれないな。

自分だったら失敗してへこんでいるときに構ってほしくない。いや、誰かと話していたほうが気がまぎれる？

パイロットにはコミュニケーション能力も要求されるのに、俺はうまくないと落ち込んでいると、ようやくメッセージが返ってきた。

【大丈夫です】

それがＯＫの返事だったので安心した。けれども、この間はなんだったのだろう。とにかく声が聞きたいと、すぐさま電話に切り替える。彼女はすぐに出てくれた。

「もしもし、急にごめんな」

井上からスパナの件を聞いたことは隠して、明るく問いかける。

『とんでもないです。今日はお休みですか？』

「そう。でもフランス」

『フランス？』

驚いたような声を出す彼女は、特に落ち込んでいるようには感じられない。けれども、そう取り繕っているだけかもしれない。

「うん。それで、ちょっと買い物に行こうと思ってるんだけど、夏目くらいの歳の女の子はなんのお土産が欲しい？」

とっさに思いついた嘘をつく。夏目くらいの歳の女の子ではなく、夏目が欲しいものを知りたいのだけど、なんとなく気恥ずかしくてそう言ってしまった。靴磨きセットのお礼もしていないし。

『うーん、なんでしょう。岸本さんが頭を悩ませて購入してくれたものならなんでもうれしいんじゃないでしょうか。でも、それだと困りますよね……』

しまった。真面目な彼女を悩ませてしまった。

「適当でいいんだけど」

『紅茶なんてどうでしょう。フランスにはかわいいパッケージの紅茶があると聞いたことがあります。あとは日本未発売のコスメとか』

化粧っけのない彼女がコスメとは意外だ。でも、自分のことだと思っていないのがありありとわかった。

「なるほど。探してくる」

『キャビンアテンダントに聞いたほうがいいような』

それもそうだ。彼女たちなら穴場の店まで教えてくれるはずだ。けれども、一緒に

買いに行こうと誘われるのも困るし、誰のための土産かしつこく聞かれそうなので
やっぱり無理だ。

「うん。ほかにもリサーチしてみる」

あとはなにを話したらいいんだ。失敗を知らないことになっているので、落ち込むなよとは言えないし。

「夏目、あのさ……」

『はい』

「俺、頼りないかもしれないけど、苦しいときは相談して。夏目、整備士仲間に友達いなそうだし」

友達いなそうとは少し失礼だったかもしれない。

でも、井上の話ではいつも勉強していて近寄りがたいようだし、大学のサークルの様子を思い出しても、積極的に仲間の輪に入っていくタイプでもない。

『スパナのこと、井上さんからお聞きになったんですか？』

しまった。ばれている。

「……ごめん。夏目らしくないなと思って気になって」

違うとは言えず正直に話すと、沈黙が訪れる。

触れられたくなかったのかもしれないと焦ったが、彼女の呼吸が少し荒くなっているのに気づいた。

「夏目？」

『……ごめんなさい。私、失敗してしまって……。でも、こんなふうに心配してもらえて、私……』

声がかすれている。泣いているのだ。

すぐにそばに行って慰めてやりたいのに、どうしてフランスなんだ！

「夏目……。同じ失敗を繰り返さないように気をつければいい」

『パイロットは失敗できないですよね』

その通りだ。乗客の命がかかっているのだから、失敗は許されない。

「だからふたりいるんだ。なにかあったんじゃないか？　井上も夏目がそんな凡ミスをするとは思えないと心配してたぞ」

『井上さんまで……。本当にごめんなさい』

「謝らなくていい」

謝罪が聞きたくて電話をしたわけではない。

「ご家族となにかあった？」

余計なことだとは思いつつ、尋ねずにはいられない。大好きな整備の仕事に身が入らないなんて、よほどのことだからだ。

電話の向こうの夏目が、スーッと息を吸い込んだのがわかる。

『岸本さん。日本にお帰りになったあと、お時間のあるときに会っていただけませんか？』

「もちろんいいよ」

まさかの誘いに驚いたものの、即答した。

彼女のほうから会いたいと言うほど追いつめられているのだろうか。しかも、電話では話せない深刻な悩みに違いない。

「俺は明後日、日本に帰ってそのあと三日休みだけど、夏目は仕事だよな」

整備士のスケジュールを思い浮かべるも、すぐには休みが合いそうにない。

「あー、クソッ」

パイロットも含め航空会社で働く者は一般的なシフトとは異なるため、ほかの業種の人たちとは疎遠になってしまう。だからといってさほど支障はなかったのだけれど、今日ほど休日が不規則なことを残念だと思った日はない。

『お忙しいのにごめんなさい。忘れてください』

「忘れるか。妹が苦しんでるのに、気にならないわけがないだろ。時間が作れたら会いに行くから。それまで耐えられるか？」

『……ありがとうございます。ちゃんとお仕事に集中します』

少しの間のあと、彼女はそう言った。

「うん。頼んだよ」

俺はそこで電話を切った。

おそらくこれ以上は電話で話せることではないのだろう。心のもやもやを吐き出してしまえばいいのにと思うけれど、顔が見えない会話というのはなかなか難しい。妙な間があると緊張が走るし、夏目が嘘をついてもわからないかもしれない。

それからすぐさまホテルを出て、紅茶専門店に向かった。しかしあれこれ吟味《ぎんみ》しているうちにどれがいいのかわからなくなり、ひとり分のお土産にしては多すぎる量を買い込んだ。

そしてコスメ。こういう分野はまったく知らないし、夏目がどんなものを好むのかもわからない。迷った挙げ句、ハンドクリームにした。整備で酷使する手を労わってもらおうと考えたのだ。

「夏目……」

店を出てふと見上げると、パリの空は薄い雲で覆われている。この空のずっと向こうに彼女がいると思ったら、エールを送りたくなった。

「応援してる」

自分でも、どうしてこれほどまでに夏目のことが気になるのかよくわからない。ただ、いつもは物静かにたたずんでいる彼女が顔をゆがめて自分の人生についての苦しさを吐露したあのときから、俺の心の片隅にずっと居ついているのだ。


帰国したその日。羽田は穏やかな天候に恵まれていたものの、空港混雑のために予定時刻の十五時四十五分より約二十五分遅れで到着した。

飛行機を降りたあと、デブリーフィングのために運航支援者のもとに向かう。

降機後のこのミーティングは、飛んできたルートの雷など、気象状況や揺れなどを知らせるもので欠くことはできない。この情報が運航管理者——ディスパッチャーに伝えられ、これから飛ぶ便のフライトプランに役立てられる。

デブリーフィングまで行ったあとは、機長に挨拶をして駆け出した。

「あっ、岸本さん」

同じ便に乗っていたキャビンアテンダントふたりから声をかけられたものの、「お疲れさまでした」とだけ口にして、足も止めない。今は一分一秒でも惜しいのだ。

タクシーに飛び乗り、向かったのは夏目のマンションだ。ひと目でいいから顔を見たかった。

マンションの前に到着したのは十九時少し過ぎ。

どの部屋なのかわからないため、メッセージを入れた。

【今、マンションの前にいるんだけど、もう寝た？】

今日訪ねると連絡を入れなかったのは、到着が遅れる恐れもあったからだ。真面目な彼女のことだ。俺が来るとわかっていたら、どんなに遅くなっても寝ずに待っていそうで、アポイントなしの訪問になった。

しばらく待ったがなんの応答もない。

「急に来てもいないか」

あきらめて帰ろうとしたとき、三階の窓がすさまじい勢いで開き、夏目が身を乗り出した。

「危ない」

「ごめんなさい。勉強してたら気づかなくて」

物静かな印象の夏目らしからぬ大きな声で必死に訴えてくる。

そうだったのか。でも、少しホッとした。失敗してなにも手につかないくらい落ち込んでいるのではないかと心配していたからだ。彼女はちゃんと前に進めている。

「下りてこられる？」

「すぐに行きます」

いつも上品な彼女らしくなく、慌ただしく窓を閉めて中に入っていった。

五階建てのオートロックのそのマンションは、入口のガラスのドアからエントランスが見える。てっきり右手にあるエレベーターから降りてくると思ったのに、夏目が奥の階段から駆け下りてきたので口をあんぐり開けた。

「お、お待たせしました」

息を切らせながらエントランスから出てくるなり、彼女は頭を下げる。

「そんなに急がなくても」

「でも、待たせてしまって……」

どこまでも真面目なんだな。

「約束してあったならまだしも、急に来たのは俺だぞ？　それに、夏目が相手ならいつまでも待つよ。井上なら即帰るけど」

少し茶化し気味に言うと、彼女はようやく口の端を上げた。

「お土産買ってきたんだ」

紅茶とハンドクリームの入った袋を差し出すと、目を丸くしている。

「私に?」

「そう、夏目に」

彼女の顔にたちまち喜びが広がるので、今日無理にでも来てよかったと思った。

ずっと泣いているのではないかとやきもきしていたため、こうして笑顔が見られたのがうれしいのだ。

「あっ、紅茶だ」

彼女は早速袋の中をのぞいている。

「そう。どれにしようか迷ったから適当にいくつか。あと、仕事で手が荒れるだろうからハンドクリーム」

夏目の細くて長い指はほんのり日焼けしていて、ところどころに小さな傷がある。きっと整備中にできたものだろう。俺たちの安全をこの手が守ってくれている。

「すごくうれしいです。まさか私のだとは思わず、言いたい放題、すみません」

なんのお土産がいいか聞いたからだ。

「いや、助かったよ。こんなにいろんなところに飛んでるのに、お土産なんて買ったことがなくて」

思えば、アメリカからの研修帰りの際に、家族にチョコレートを買ってきたくらいだ。『あんなに長く行ってたのに、たったこれだけ？』と妹にあきれられた。

「ありがとうございます。うれしいです」

「どういたしまして。……夏目」

名前を呼ぶと、彼女は土産から俺に視線を移した。

「よかった。泣いてない」

「ご心配をおかけし――」

「当然だ」

彼女の言葉を遮ると、驚いたような顔をしている。

「妹を心配するのは当然だ。俺が放っておけないだけ」

そう伝えると、彼女の目がキョロッと動き、そのあとうつむいてしまった。余計な発言だっただろうか。

「この前も話したけど、パイロットは絶対にふたりひと組で操縦かんを握る。整備もひとりですることなんてないだろ？　それは多分、どんなに一生懸命取り組んでも人間はミスを犯すものだからだと思う。俺たち新米は特にそう。先輩たちに助けられながら、いつか後輩を助けられるようになればいいんじゃないかな」

今回の失態を深く反省している彼女は、もう二度とスパナを置き忘れたりはしないはずだ。

「後輩……」

「そう。俺たちにもそのうちできるんだぞ。信じられないけど」

明るめに言ったつもりだったのに、夏目は唇を噛みしめて黙り込んでしまった。

俺はそれから彼女が口を開くのを待った。

そもそもスパナを置き忘れる前から沈んでいたようなので、なにかあるのだろう。その事情も知らないため、これ以上なにか言うべきではないと思ったのだ。

「そうですよね」

しばしの沈黙のあと、彼女は笑顔で言った。けれど、その笑顔が引きつっているように見えてますます気になる。

「俺でよかったらなんでも話を聞くぞ」

といっても、今日はもう太陽が沈んでしまった。ゆっくりというわけにもいかない。

「あの……」

控えめに声を振り絞る彼女が、ちらちらと俺の顔を見ながらなにかをためらっている。

「うん」

「……お休みが合った日でいいので、少しお時間をいただけませんか？」

「もちろん。いいと言っただろ？　スケジュール、改めて連絡するよ」

「はい」

彼女は、今度は優しい笑顔でうなずいた。

「夏目」

俺はお土産の袋を大切に抱きかかえる彼女の手を握る。急にこんなことをしたら嫌われそうだとも思ったけれど、どうしてもそうしたい気分だった。

彼女は目を見開いて驚いているようだったけれど、特に拒否はしなかった。

「こんなに傷だらけになりながら、いつもありがとう。夏目たちのおかげで、俺たちは安心して空に向かえる」

「岸本さん……」

「本当に感謝してる。だからもっと自信を持て」

「はい。ありがとうございます」

夏目の瞳が潤んだものの、見なかったことにした。彼女が抱えているものを打ち明けてくれるまで、きっとこれ以上踏み込むべきではない。

「それじゃあ、ゆっくり寝るんだぞ」

「岸本さんも、お疲れでしょうからお休みください」

「サンキュ。また」

駅に向かって歩き始め、しばらくして振り返ると、夏目は律儀《りちぎ》にまだ見送っていた。

俺が大きく手を振ると、彼女は顔の横で小さく振り返してくれる。その手の振り方が夏目らしいなと思いながら、再び歩き始めた。

　思いがけず岸本さんがお土産を持って家まで訪ねてきてくれた。かなりびっくりしたのと同時に泣きそうなくらいうれしくて、エレベーターを待つのももどかしくて階段を駆け下りた。

　彼の顔を見た途端、胸にこみ上げてくるものがある。

　――岸本さんに出会った大学一年の春。私は突然太田さんに引き合わされて、婚約を言い渡された。夏目家に婿養子を迎えて、父の会社を引き継ぐという責任を背負う私に選択肢などなく、太田さんがどんな人なのかも知らずに婚約を承諾した。

　幼い頃、たったひとりの肉親だった実母を亡くした私は、夏目家の養子になった。あのときから、夏目の両親にとっての理想の道を歩くことだけが私の役割。もうずっと前に覚悟を決めていたつもりだったのに、結婚相手を決められてこのまま生涯縛られるのだと実感したとき、激しく動揺して自分の存在を呪うほどだった。

　婚約を言い渡された翌日、大学のサークルに行っても、苦しくてなにも手につかなかった。そんな私に岸本さんが気づいて『どうかしたの？』と話しかけてくれた。長い間、自分の胸の内を誰にも明かしてこなかったけれど、彼からは〝いつまでも待つから話してごらん？〟という言葉にならない声が聞こえてきた気がした。

長く続いた沈黙を無理やり破ろうとせず、それでいて私が殻にこもろうとするのも許さない。そんな不思議な空気に心が緩んで、『決まった道しか歩けないのが苦しくて。なんのために生きているのかわからなくなったんです』と胸の内を明かしてしまっていた。

そのとき、岸本さんが『誰がなにを言おうとも、自分の人生は自分のものだ。それになにを強制されても、夏目の心は自由なんだよ』という言葉をくれたのだ。

そのおかげで、私は整備士の仕事ができている。

ただ、二十五歳までは自由にさせてもらえるという約束は、あっさりと破られてしまいそうだ。海外赴任をしていた婚約者の太田さんの帰国が、突然早まったからだ。

久々の夏目家への帰宅と太田さんとの再会は、私の心を乱しに乱した。

両親の言いなりになるしかないあきらめにも似た気持ちに支配され、工具を置き忘れるという絶対にしてはならないミスまで犯してしまった。幸いすぐに見つかったのだが、当然池尻さんからは雷が落ち、自分のふがいなさに落ち込んだ。

でももちろん、約束の日までは仕事を辞める気はない。

それなのに母は、すでに式場のパンフレット集めをしているらしい。父の会社が欲しくてたまらない太田さんは、私を逃すまいとしつこくメッセージを送ってきたり電話をかけてきたりする。

だからフランスから帰国した岸本さんからメッセージが着信したときも、スマホをすぐに確認しなかった。

疲れているだろうに、わざわざ家まで来てくれた岸本さんの顔を見て涙がこぼれそうになったもののこらえた。

彼が『俺でよかったらなんでも話を聞くぞ』と言ったのは、大学生のときに漏らしてしまったひと言のせいで、私がなにかを抱えていると察したからに違いない。

こんなに優しい人に迷惑をかけてしまったと思う一方で、あの言葉を聞いてくれたのが岸本さんでよかったとも感じた。

両親に決められた好きでもない――それどころか嫌悪感を覚える婚約者と政略的な結婚をさせられるという絶望で、この先の人生を投げ捨ててしまいたいほど落ち込んでいた。でも、私には岸本さんのように親身になってくれる人がいるのだと忘れず、これからも生きていける。

このままでは、すぐにでも結婚させられるだろう。けれども、職場の先輩たちにひとつも恩返しができていないうちに、仕事を辞めたくなかった。

私が岸本さんに時間を作ってほしいとお願いしたのは、自由でいられるうちにどうしても自分の気持ちを伝えたいから。

彼に〝妹〟と言われるたびに胸が痛んだ。私は婚約者までいる身で、なおかつ優秀なパイロットの彼には釣り合わないのは自覚している。岸本さんにしてみれば迷惑な告白に違いないが、気持ちを伝えなければ一生後悔しながら生きていくことになる。

その後、岸本さんからスケジュールの連絡はきたものの、休みが合わなくて会える予定を立てられずにいた。

しかし、翌週の水曜日。十五時二十五分発の那覇《なは》便が担当となり、心躍った。岸本さんが副操縦士として搭乗するからだ。

今日は雲が垂れこめたあいにくの空模様だけれど、もう二度と失敗しないと心に決めて仕事を始めた。

「夏目、おはよ」

「おはようございます」

「俺、岸本に余計なこと話したかも。ごめん」

久々に顔を合わせた井上さんが申し訳なさそうにしている。

「とんでもないです。心配していただいてありがたいです。先日はスパナを一緒に捜していただいて、ありがとうございました」

深々と頭を下げると「あぁっ、そんなのいらないから」と顔を上げるよう促された。

「持ちつ持たれつだぞ。俺だってやらかすかもしれない。そのときは頼むな」

「もちろんです」

「うん。岸本、いいやつだから」

にっこり笑う彼が突然話を変えるので、首を傾げる。

「はい、知ってます」

「そうか。そりゃよかった。あはは」

この会話のキャッチボールにはなんの意味があるのだろう。

「そんじゃ、今日も頑張るか。でも雨になるかなぁ。雨のとき、ラインはつらいよな」

彼はどんより曇った空を見上げてため息をつく。

「そうですね。ですけど、私たちが整備した機体が無事に飛び立つのを見ると、胸が熱くなります」

正直な気持ちを伝えると、彼は目を見開いた。

「そう、だな。俺、仕事きつーとか、だるーとかばかりで、初心忘れてたわ。岸本、見る目あるな」

「岸本さん？」

どうしてそこで岸本さんの名前が出るの？

「なんでもない。行くぞ」

「はい」

返事をして、早速工具箱を手にした。

岸本さんが乗るB787の点検を池尻さんとともに進める。

「ファンブレードはどうだ？」

「損傷なしです」

エンジンのブレードを自分でも点検した池尻さんは、私にも確認する。

「オイル漏れは？」

「ありません」

エンジン回りは、特に問題なく送り出せそうだ。

「機内に行くぞ」

「了解しました」

機内に入ると、操縦かんを握っていた機長からフライトログを引き継ぎ、池尻さんがシステムチェックを始める。

一方私は、グラハンが担当する清掃業務と並行して、連絡を受けていた客席のイヤホンの修理を始めた。そうしているうちに、次のフライトのパイロットが搭乗してきた。私は客室にいたけれど、あの広い背中は間違いなく岸本さんだ。

少し離れたところから彼の姿を見られるだけで心が弾むなんておかしいだろうか。

手を止めてコックピットに入っていく彼を見送っていると、岸本さんが振り返ってあたりを見回している。そして私と視線が合った瞬間、笑顔で軽く手をあげてくれた。

とっさのことでなんのアクションもできず、ただ瞬きを繰り返して立ち尽くすだけ。

私を捜していたの？　それとも偶然？

彼のフライトスケジュールは聞いているものの、私は当日出勤してみなければどの便の担当になるかわからない。毎便、私がいないか気にしていてくれたとしたら、感激だ。

「夏目、イヤホンどうだ？」

「修理できました」

池尻さんに声をかけられて我に返る。

「それじゃ、出るぞ」

池尻さんがタブレット端末を操作してフライトログに修理履歴を打ち込んだあと、責任者として署名した。

しかし、まだ仕事が残っている。出発ギリギリまであらゆる点検を続けるのだ。

再び機外に出て、給油の状況を確認し、タイヤの空気圧も念入りにチェック。

出発準備が整うと、カーゴドアが閉まっているかや、地上電源が外れているかなどを確認する。

そして車止めを外して、エプロンから誘導路まで航空機をけん引するトーイングトラクターのドライバーに、プッシュバックの方向と開始を伝える。これも、機長から無線で連絡を受けた整備士の仕事だ。

トーイングトラクターの動きに合わせて、私たち整備士も機体に寄り添うように移動。その間に、池尻さんが機長にエンジンスタートの指示を出す。

飛行機が誘導路に到着して機体からトーイングトラクターが離れると、作業終了を知らせるためにパイロットに向かって親指を立てる——サムズアップを行う。

するとパイロットからも〝了解〟の意味のサムズアップがあり、これで整備士の仕事はすべて終了だ。

私たちのサムズアップに、機長だけでなく岸本さんもサムズアップで応えてくれたのが見えて、うれしかった。

整備士と、プッシュバックを担当したグラハンスタッフが並んで手を振る。乗客の中には振り返してくれる人もいて、うれしい限りだ。

岸本さんが操縦するＢ７８７は、徐々に速度を上げてＶ１という離陸を中止できない速度に達する。そこから機首を引き上げるＶＲ、さらには安全に上昇を継続できるＶ２まであっという間だ。

しかしそのとき、大量の鳥の群れが突然姿を現して、機体に衝突したのが見えた。

「エンジン無事か？」

池尻さんが目を凝らすも、私たちのいる場所からはよくわからなかった。

バードストライク自体は珍しくはなく、空砲を鳴らすなどの対策は取られているが、なくすことはできない。

「ＡＴＢするぞ」

Ｂ７８７が飛び立った空を見上げて無線に耳を傾けていた池尻さんが叫んだ。

ＡＴＢとは、航空機が離陸後なんらかの理由で引き返すエアターンバックのこと。

「バードストライクで左エンジンを損傷したため、二次被害を防ぐために停止させたようだ。エンジン一基で飛行している。すぐ準備しろ」

「はい」

バードストライクが発生しても飛行に問題ないケースがほとんどで、そのまま目的地まで飛び、そこで整備が行われることが多い。けれど、今回はエンジンを損傷してしまったらしい。

飛行中はエンジンの状態を確認できないため、火災を防ぐために左エンジンを停止させたのだ。さすがにこの状態で那覇までは飛行させられない。

池尻さんに返事をしたものの、すさまじい勢いで鼓動が速まっていく。

エンジンがひとつ使えなかったとしても、安全に飛行できるのは知っている。特に最新鋭のＢ７８７は、エンジン一基でもパイロットが操縦せずともまっすぐに飛べるほどの技術が注ぎ込まれた機体だ。

でも、自分が整備を担当した飛行機が、しかも岸本さんが操縦する便のエンジンが停止していると聞いて、冷静ではいられない。

「お願い。無事に戻ってきて……」

肉眼では飛行機をとらえられなくなったので、不安が募る。

一旦離陸した飛行機が着陸するには、機体が着陸限界重量以下にならなければ安全が保証できない。そのため、旋回飛行しながら燃料を海上で投棄する必要があり、すぐには戻ってこられないのだ。

大丈夫。パイロットはこういうときのために厳しい訓練を受けているんだから。

私は自分に必死に言い聞かせながら、震える手で工具箱を持った。

「夏目！」

無線を聞いたらしい井上さんが駆け寄ってくる。こうした緊急時は、手の空いている整備士が協力することになっている。

「岸本さんが……」

「アイツが乗ってるのか？」

井上さんは一瞬顔をひきつらせたものの、すぐに表情を緩める。

「だったら大丈夫だ。岸本は優秀だからな。なんでもない顔をして戻ってくるさ」

「そうですよね……」

岸本さんを信じればいい。

泣きそうだった気持ちをなんとか落ち着かせる。

「うん。ほら、俺たちもできることをするぞ」

「はい！」

私は自分を奮い立たせるために、大きな声で返事をした。


それからどれくらい経ったのだろう。

機内の窓からエンジンを確認したキャビンアテンダントから、火は噴いていないと報告があったものの、詳しい状況はわからない。

池尻さんと様々な状況を想定したシミュレーションをして、ひたすら空を見上げる。

その間にも別の航空機が離着陸を繰り返していて、いつもの光景と変わりなかったが、しばらくするとそれが止まった。那覇便を優先的に着陸させるためだ。

それを目の前で見ている私は、緊張と動揺で手が震えていた。

「そろそろ来るぞ」

無線で連絡を受けた池尻さんがつぶやく。ここまで無事に飛んでいてくれたのがうれしいとともに、着陸がうまくできるのかと不安も募った。

大勢のライン、そしてドッグ整備のスタッフも駐機場に待機している。

「見えた」

雲の間から姿を現したB787が安定した飛行をしているのを見て、ようやく息が吸えた。

「お願い」

顔の前で手を合わせて安全な着陸を願っていると、池尻さんが私のヘルメットをトンと叩く。

「心配するな。B787は賢い飛行機だ。それにパイロットはもっと過酷な条件での訓練を繰り返しているぞ。エンジン一基失ったくらいで操縦できない人間はひとりもいない」

井上さんと同様、励ましてくれる。

「こんなことはこれから何度でもある。動じるな」

「はい」

経験豊富な池尻さんにそう言われて、深呼吸した。

飛行機はさらに高度を下げて着陸態勢に移る。わずかにエンジンから煙が出ているようにも見えたが、やはり火を噴いているような事態ではなくて安堵《あんど》した。

おそらくタービンブレードが破損してしまったのだろう。チタン合金で作られているそれは、鶏などを実際にエンジンに投げ入れての耐久テストがなされている。しかし、当たりどころが悪ければ今回のような破損につながるのが現実だ。

「代替機のB777、整備終了しました」

急遽《きゅうきょ》駆り出された整備士から池尻さんに報告が入った。

ATBを確認した時点で、池尻さんは即座に代替機を使うと判断し指示を出した。こうした決断も整備士の腕の見せ所となる。

同じ機種があればそれをチョイスするのだが、B777に変更となったようだ。その場合、ライセンスが異なるB787のパイロットは操縦できないため、スタンバイ中のB777のパイロットに変更となる。

ほかにも乗客の座席の入れ替え、乗り継ぎ便に間に合わないときのチケットやホテルの手配等々、ひとつ歯車が狂うと大変な事態になってしまう。だから私たち整備士も、整備不良がないように日々精進している。

ただし、人の命を守ることが最優先なのは全スタッフの共通認識だ。

徐々に高度を下げる飛行機は、とてもエンジンがひとつ使えなくなっているとは思えないほど安定した飛行をしている。それを肉眼で確認したからか気持ちは落ち着いてきたものの、鼓動は速まったままだった。

手に汗握りながら凝視していると、やがてスーッと後輪が着地。続いて前輪も無事に地上に降りた。

「よかった……」

「泣いてる時間はない。すぐにエンジンチェック」

「はい」

安堵のあまり涙がこぼれてしまい、池尻さんに叱られた。けれども、彼の顔から緊張が抜けたのがわかる。

エプロンに戻ってきたB787には、すぐさまボーディングブリッジがつけられて、乗客が降り始める。

池尻さんに促されて、数名の整備士がエンジンチェックに入った。私以外は皆ベテランだ。

「ブレード破損がひどいな」

二十枚あるブレードの三枚ほどが曲がってしまっている。

「これはエンジン整備部の仕事ですね」

「そうだな」

どうやらこのエンジンの修理は、ショップ整備の中のエンジン専門の部署に託されるようだ。とはいえこの機体は明日も使用するため、これから予備エンジンへの積み替えが行われる。

「夏目、いい機会だ。しっかり学べ」

てきぱきと陣頭指揮をとり始めた池尻さんが、私に言う。

「わかりました」

それからエンジンの積み替え作業に没頭した。

私は初めての経験だったが、先輩たちの阿吽《あうん》の呼吸には脱帽だ。すべての人が次になにをすべきか完璧に把握していて、呼吸を合わせながらエンジンを外し、そして予備エンジンを装着していく。

B787のエンジンは、最新鋭のロールス・ロイス社製。エンジン本体だけで約六千キログラムあるそれを、あっという間に積み替えてみせた。

「お疲れ」

「お疲れさまでした」

池尻さんが声をかけると、大勢の声がそろう。

一様に疲れは見えるものの、先輩整備士たちの自信に満ちた姿が印象的で、改めてこの仕事に携われてよかったと感じた。

緊急事態が発生したため、本来担当するはずだった便は、ほかの整備士が手分けしてこなしてくれた。チームワークもばっちりだ。

「夏目もよく頑張ったぞ」

「ありがとうございます。お疲れさまでした」

私はヘルメットを脱いで、池尻さんに頭を下げた。汗で髪がびっしょりだ。

少し残業になったものの、無事に業務が終了した。

オフィスを出ると、岸本さんが待ち構えていたのでひどく驚く。

「夏目、お疲れ」

「……お疲れ、さまでした」

無事に着陸できたのを目の前で見ていたのに、元気な姿を見たら涙があふれてきてしまった。

「心配してくれたの？」

「はい。ごめんなさい」

慌てて涙を拭うと、つかつかと歩み寄ってきた彼にいきなり抱きしめられて目を見開いた。

「心配かけてごめん。俺のために泣かなくていい」

「いえっ。あの……」

男性にこんなふうに抱きしめられたのが初めてで、頭が真っ白になる。

「井上から聞いたよ。夏目が青い顔して心配してたって」

「すみません。もちろん、岸本さんや機長の腕は信頼していますよ」

失礼だったかもしれないと慌てて言う。すると彼はクスッと笑った。

「ありがと」

「あの……放していただけますか。汗をかいたので、く、臭いですから」

「臭いって。夏目が踏ん張った証じゃないか」

彼はそう言いつつも、ようやく腕の力を緩めてくれた。しかし、なんとなく恥ずかしくて顔を見ることができない。

「もう今日は終わりだろ？」

「はい」

「食事に行こうか」

もしかして、そのために待っていたの？

お誘いは飛び上がるほどうれしいのに、彼に告白する心の準備ができていない。それに、こんなよれよれの姿が最後になるなんて嫌だ。

「あ……」

「勉強があるって?」

「そうじゃなくて」

勘違いをされてムキになりながら彼に視線を合わせると、彼は優しい表情で笑った。

「あの約束とは別な。あれはまた今度、ちゃんとデートコース練るから」

「デート?」

思いがけない言葉に目が飛び出そうになる。

だって私は、妹なんでしょう? 妹とデートなんておかしいじゃない。

「そう。とりあえず、今日も行くぞ。着替えておいで」

意味ありげな笑みを浮かべる彼に背中を押され、私たちは歩きだした。

更衣室で着替えを済ませて出ていくと、キャビンアテンダントの制服を纏った女性が岸本さんと話をしている。

あの人……前にも見たことがある。駅に向かう岸本さんを追いかけていた女性だ。

「島津さん、忙しいだけだろ」

「良太さんのことはもう知らない。それより、着替えてくるからご飯行かない?」

そんな会話が聞こえてきて、出てきたタイミンクが悪かったと察して足が止まる。

「約束があるからごめん。あっ、夏目。声かけろよ」

振り返った岸本さんにそう言われて少し驚いた。てっきり私は断られると思っていたからだ。

「すみません」

「約束って、彼女と？」

「そう。整備で頑張ってるんだ。それじゃあまたな」

岸本さんはあっさり彼女と別れて私のところまでやってきた。

「いいんですか？」

「夏目の約束が先だろ？　なにが食べたい？」

彼に弾んだ声で問われてチラリと女性に視線を送ると、彼女は驚いた顔で私たちを見ている。

「腹減った。行こう」

岸本さんが迷うことなくそう言うので、うなずいた私は足を進めた。

電撃プロポーズ　Ｓｉｄｅ広夢

近いうちに経験するだろうと思っていたバードストライク。

バードストライクの大半は、衝突しても飛行に影響がないケースが多い。しかし今回はエンジンに吸い込んでしまったらしく、かなりの衝撃があった。

機長は即座に俺に左エンジン停止を命じたあとＡＴＢを決め、管制塔とのやり取りを促してくる。

エンジン停止という初めての事態に焦りはしたが、地上、そしてキャビンアテンダントの報告から火災を起こしているわけではなさそうで、ひと安心。機長の指示で燃料を放出するために一旦海上に向かった。

終始安定した飛行ができていたものの、それから着陸までの間は必死だった。ようやく機体を停止させたときは、大きなため息が出てしまうありさま。

そんな俺を機長は笑っていたけれど、「よく冷静に対処した」と褒めてもらえたので、最低限のことはできたはずだ。

代替機がＢ７７７となったため、思いがけず俺の仕事は終了となった。ライン整備を担当してくれた夏目が心配しているのではないかと格納庫に足を向けると、彼女はきびきびとエンジン交換の作業に携わっていた。

俺に気づいた井上が「来ると思ってた」とニヤニヤ笑いながら、夏目が涙目で心配していたことを教えてくれた。

そのとき、気がついたのだ。俺は夏目に〝妹〟という言い方をしてきたけれど、それ以上の存在なのだと。

そもそもパイロット業務に集中すると恋人には構っていられないからという理由で、特別な女を作らなかった。でも、もし一緒にいられる時間がわずかだとしても、夏目をそばに置きたいという独占欲が湧いてくる。

なにか悩みを抱えているらしい彼女をなんとかしてやりたいと庇護欲が煽られたのは事実だ。しかし、夏目は弱くてなにもできない女性ではない。重労働である整備の仕事をこなし、井上も驚くほどに勉強を重ねるひたむきさもある。

守ってやりたい気持ちと同時に、そんな向上心のある彼女と一緒にいると俺のやる気もみなぎってくる。パイロット業務の邪魔になるどころか、いい影響をもらえているのだ。

そんな夏目が顔を青くして心配してくれたと知って、胸が熱くなった。

彼女に時間を作ってほしいと頼まれていたのに、互いのスケジュールがすれ違い実現していなかったが、ようやく食事に誘うことができた。

小さい体であんなに大きなエンジンの積み替えに携わった彼女の髪は汗で濡れていて、相変わらず化粧気がない。どうやらそれを気にしているようだけれど、俺は真摯に仕事に取り組む姿に好感を抱くばかりだ。

そもそも整備士の人たちが力を尽くしてくれなければ、俺たちは空を飛べない。日々、勉強漬けになりながら汗水たらして働く彼女たちに、どれだけ感謝していることか。

月島とよく行くレストランに誘いたかったが、ジーンズ姿では気後れすると言われて、もう少しカジュアルなイタリアンレストランに向かった。

窓際の席に案内されて向き合って座る。やはり育ちがいいのか、夏目の背筋はピンと伸びていて、決して無理をしてその姿勢を保っているようには見えない。

「なに食べる?」

「そうですね……」

メニューを彼女に差し出したのに、さりげなく俺のほうに向けて広げてくれる気遣いに、頬が緩む。

「オーソドックスですけど、ボロネーゼにします」

「うん。それじゃあ俺は、えびとホタテのクリームソースにしよう。あと、プロシュートピザ食べない？」

「いただきます」

疲れているはずの彼女の目が輝くのがうれしい。

「それと、サラダも追加で」

店員にオーダーを出す間、彼女はいちいちうなずいている。その仕草がかわいらしくて癒される。

「それじゃあ、お疲れ」

「お疲れさまでした」

俺はジンジャーエール、彼女はリンゴジュースで乾杯だ。

ジュースをひと口飲んだ夏目が、左耳に髪をかけながら視線をテーブルに落とす。

照れているような様子が初々《ういうい》しくて口を開いた。

「急に誘ってごめんな。迷惑だった？」

「迷惑？　とんでもないです。うれしかった……ので」

耳を真っ赤に染める彼女の声が小さくなっていくのがおかしい。

「そう、よかった。今日はありがとう」

「私はおろおろしていただけです。先輩方がてきぱきと作業してくださいました」

「夏目も手伝ってたじゃないか」

「もしかして、見てたんですか？」

ひどく驚いている。井上からはなにも聞いていないらしい。

「のぞきに行ったら、頑張ってる夏目を見つけてうれしくなった」

「そうでしたか。もっとかっこいい姿を見せられるようになりたいな」

彼女はそう言いながらかすかに口の端を上げるものの、その目はどこか悲しげだ。やはりなにか心配事でもあるのかもしれないが、こちらから根掘り葉掘り聞くのもはばかられる。

「楽しみにしてるよ」

「はい」

夏目が今日の運航について聞きたがるので、空港を一旦離れたあとの話をした。見えない間、ずっと気を揉んでいただろう彼女は、真剣に耳を傾けていた。

やがてパスタが運ばれてくると、今度は一転、リラックスした様子で口に運び始める。その所作はやはり美しく、昨日今日で身についたものとは思えない。

俺がピザに手を伸ばしたとき、夏目の携帯の着信音がした。「失礼します」ときちんと俺に断ってから、テーブルの下でメッセージを確認している。すると、一瞬にして顔が引きつったように見えた。

「どうかした？」

「……なんでもないです。お食事中にすみませんでした」

彼女はスマホをバッグに戻し、再び笑顔で食べ始めたものの、なんとなく瞳が潤んでいる。しかし、彼女が気丈に笑みを浮かべて話すので、俺もそれに合わせた。

「パイロットのスタンバイって大変ですよね。急に飛べと言われても」

「そうなんだよね。もちろんそのつもりで勤務してるけど、いきなりヒースローとかあるもんな」

「イギリスは遠い……」

国内線ならまだしも、長距離国際線となるとなかなかハードだ。なかには、機体トラブルで予定していた目的地以外に着陸した飛行機の代替機のパイロットとして、慣れない海外の空港に向けて羽田から急遽向かうケースもある。

「うん。でも、気持ちの切り替えさえできれば問題ない。世界中の空を飛べるのは魅力だし」

コックピットから見下ろす景色がそれぞれ違って、なかなか感動的だ。ただ、観光は数回行けば飽きてしまう。

「いいな。私も行ってみたいな」

「海外の経験はないの？」

「実はそうなんです。いつでも行けるように、パスポートだけは持っているんですけど」

裕福な家の育ちであれば海外くらい経験がありそうだけど、違うのだろうか。

「そっか。それじゃあ今度行こうよ。どこがいい？」

尋ねると、フォークを握る手を止めた彼女は首を傾げた。

「……そうだなぁ、イギリスもいいし、ハワイもいいぞ。俺が乗る便に招待するよ」

「本当ですか？　……いえ」

目を輝かせた彼女だったが、すぐにうつむいてしまった。

「仕事、休みたくないとか？」

「そうじゃなくて……」

付き合ってもいないのに旅行に誘ったりして、戸惑わせてしまったかもしれない。

その間にもチラッとバッグに視線を送る彼女が気になった。

「家が厳しいから？　さっきのメッセージも早く帰ってこいと言われてる？」

もしかしたら実家に帰る予定だったのかも。そうであれば引き止めて申し訳ないと慌てたけれど、彼女は首を横に振った。そして深刻な表情でしばらく黙り込む。

きっと心の中を整理しているのだと思った俺は、黙って彼女が話し始めるのを待った。

ふぅ、と小さなため息をついた夏目は、覚悟を決めたような表情で俺に視線を合わせる。

「私、仕事を辞めるんです」

「辞める？」

彼女の言葉が衝撃で、大きな声が出てしまう。

さっき、『もっとかっこいい姿を見せられるようになりたいな』と話していたじゃないか。

「はい。結婚、するんです。二十五歳までは自由にさせてもらえる約束だったのですが、結婚が早まることになって」

結婚？　嘘だろ？

予想だにしなかった事態に言葉を失う。ただただ瞬きを繰り返して、夏目を見ていることしかできなかった。

「両親もお相手の方も、整備士という仕事に理解がなくて、結婚したら仕事は辞めるようにと言われています。仕事を教えていただいてばかりで、なにかひとつでも恩返しがしたかったんですけど……」

まるで他人事《ひとごと》のように淡々と話す夏目は、顔をゆがめて深呼吸をする。大きな瞳の奥が揺らいでいるのに気がついた俺は、たまらず口を開いた。

「その結婚……夏目が望んでるの？」

無念をにじませたような表情の彼女が、好きな男に嫁ぐ幸せいっぱいの花嫁にはどうしても見えない。

問うと、夏目の頬に一筋の涙が伝った。

「ごめんなさい。本当はもっときれいにお化粧をして、最後に岸本さんとお話ししたかったのに。……結納の日が決まったようです」

もしかして、さっきのメッセージはそれを知らせるものだったのか？

「岸本さん」

頬の涙を拭った夏目は、俺の目をまっすぐに見つめ、どこか悲しげな笑みを浮かべた。

「大学で声をかけていただいて、私はつかの間の自由を手に入れることができました。岸本さんに自分の人生は自分のものだと教えてもらえなければ、整備士にはなれませんでした」

悔しそうに唇を噛みしめる彼女は続ける。

「まさかこんなに早く辞めなければならなくなるなんて予想外で、先輩方にも迷惑をかけただけで終わってしまうのが無念なんですけど、これ以上わがままを通すことは難しそうです」

「わがまま？　誰だって夢を叶えたいと思うだろう？」

それがわがままだなんてありえない。

少しむきになって言い返すと、彼女はかすかにうなずいた。

「恩があるんです。私ひとりではどうにもならなかった」

意味深長な言葉を口にする夏目は、キリリと表情を引き締めて意を決したように言葉を紡ぐ。

「最後に、もうひとつだけわがままを許してください」

どこか追いつめられたような雰囲気を漂わせる彼女に、緊張が高まっていく。

最後ってなんなんだ？

「……岸本さん。好き、でした。話しかけてくださったあの日から、岸本さんは私のヒーローでした」

唐突に思いがけない告白をする夏目をじっと見つめる。

俺を、好き？　夏目が俺を？　結婚するんだろ？

「すみません。こんなことを言われても、困りますよね。忘れてください」

彼女は笑みを浮かべているくせして、声を震わせた。

「夏目、俺……」

「……ありがとうございました。さようなら」

混乱する俺は、五千円札をテーブルに置いて出ていく彼女を引き止められなかった。

「結婚するのに、俺が好き？」

彼女を守ってやれるのは俺だけじゃないかという傲慢な気持ちがあったところに、結婚するというきついひと言を食らい、頭を殴られた気がした。しかしその直後に、好きだという告白。

このふたつの発言は、どうとらえればいいのだろう。

彼女が出ていったレストランの入口を見つめたまま、これまでのやり取りを思い返す。

やはり、好きでもない男と結婚させられるのか？

『恩があるんです』とこぼした彼女は、その恩を返すために、なんらかの縁談を受け入れたのかもしれない。念願叶った整備士の仕事を辞めてまで結婚する決断をしたからには、深い理由があるはずだ。

けれど……。

「バカだな」

自分の人生は自分のものだと言ったじゃないか。恩があろうがなかろうが、夏目の人生は夏目のものなんだ。

冷静になり頭の中がクリアになってきた俺は、すぐに会計を済ませてレストランを飛び出した。

「渡せるか」

夏目にあんな悲しげな顔をさせ、やっと手に入れた仕事まで奪う男に、彼女を幸せにできるはずがない。

俺はタクシーに飛び乗り、とあるところに寄ってから、夏目のマンションを目指した。

マンションにたどり着いたものの、部屋はわかっても部屋番号がわからない。

とにかく連絡をと思い電話をかけてみたが、電源が落とされている。レストランで別れてから四十五分。まだ帰宅していないのだろうか。

「クソッ」

彼女が以前、身を乗り出したベランダを見上げても人影はなく、いるかどうかすらあやしいけれど、あの苦しそうな顔を見なかったことにはできない。いや、ほかの男になんて渡さない。

雨に打たれても、風に吹かれても、黙々と整備士として働いていた夏目。井上の話では、寸暇を惜しんで勉強に励んでいたという。

二十五歳までしか整備士として働くことを認められていなかったからこそ、早く一人前にならなければと、過酷な勤務に加えて限界まで自分を追い込んでいたのだろう。

大学の頃から感じていた、彼女の自由を阻むものがなんなのかははっきりとはわからない。彼女が語る〝恩〟が、人生をなげうつほどの価値があるものなのか、俺には判断がつかない。

でも、もし彼女を閉じ込めている籠を開ける鍵があるとしたら、俺が必ず手に入れてみせる。

俺たちを空へと送り出す際に、最高にキラキラした笑顔でサムズアップするあの生き生きとした姿をどうしても守ってやりたい。いや、俺がずっと見ていたいんだ。

そんなことを考えながら夏目の部屋をじっと見ていると、かすかにカーテンが動いた。

「いるのか？」

電話もメッセージもつながらないなら、三階の部屋のチャイムを手あたり次第鳴らそうか。右から三部屋目だから、三〇三だろうか。それとも逆から数えるべきか……。

いや、それより。

「夏目！」

俺は彼女の部屋に向かって声を張り上げた。

「夏目、俺だ。聞こえてるなら出てきてほしい」

そう叫ぶと、カーテンが開いて窓が開いた。しかし、彼女の姿は見えない。

「夏目」

もう一度呼びかける。

お願いだ。顔を見せてくれ。あれで終わりなんて、俺が無理なんだ。

祈るような気持ちで見上げていると、ようやくベランダに出てきた彼女は、頬の涙を拭って俺を見つめる。

「ひとりで泣くな」

「岸本さん……」

「夏目」

彼女に向かって手を伸ばす。すると彼女は小刻みに体を震わせ、再び顔をゆがめた。

「俺が半分背負ってやる」

あんなにまっすぐで真面目な夏目が、なにを背負っておびえているのかは知らない。

でも、俺が半分受け持つことで彼女の笑顔が戻るなら喜んでする。

もちろん、そんなことが可能なのかはまったくわからないが、どうしても彼女を守りたい一心でそう言った。

顔をくしゃくしゃにゆがめて涙を流す夏目は、再び部屋の中に入っていってしまった。

「夏目？」

これは、拒否の意思を示されたのだろうか。

俺にはなにもできないのか？　泣いている夏目を助けられないのか？

そんな葛藤でいっぱいになっていると、マンションの中から足音がして、夏目がやっぱり階段から駆け下りてきた。

「ここだ」

それがうれしくて、エントランスのドアの前で叫ぶ。

ドアが開いたと同時に、彼女は俺が差し出した手を握った。そのか細い腕を強く引き、胸の中に閉じ込める。

「鞠花」

下の名で呼びかけ、強く抱きしめた。

「どこにも行くな。勝手に逃げるな。……好きなんだ、お前が」

「えっ？」

結婚するという衝撃の告白を受けて、どうしても口から出てこなかった言葉をようやく伝えられた。

「誰にも渡さない。渡してたまるか」

背中に回した手にいっそう力を込める。

二度と放してなんかやらない。鞠花にいばらの道が用意されているなら、俺も一緒に歩くだけ。

「岸本、さん……」

「全部話してくれ。必ず力になる。だから……」

懇願すると、彼女は俺のシャツを強くつかんだ。

「鞠花」

手の力を緩めると、喜びと困惑が入り乱れたような複雑な顔をしている。

彼女には笑顔が似合うのに。

涙が流れる彼女の頬を両手で包み込む。すると黒目がちな大きな目に自分が映っているのがわかった。

この瞳に映るのは、一生俺だけにしてほしい。

「好きだ」

もう一度想いをぶつけると、荒ぶっていた鞠花の呼吸が穏やかになっていく。

「ほんと、に？」

「ああ。お前が好きだ」

そう伝えると、彼女は泣きながらも口角を上げる。

「話せる？」

問うと、今度は苦しげに眉をひそめた。

「俺、好きな女にこんな顔をさせておいて平気な男じゃないんだよ」

「でも……」

「言っただろ。誰にも鞠花を渡すつもりはない。なにがあっても受け止めるから。約束だ」

目を見て必死に訴える。あれほど整備士の仕事に情熱を傾けている彼女が、それを手放してまで結婚を選ぶのだから、並大抵の覚悟ではないだろう。

「岸本さん」

か細い声で俺の名を口にした鞠花は、今度は自分から俺の胸に飛び込んできた。

「もう安心しろ。ちゃんと息を吸え」

「……はい。よかったら、お部屋に」

「うん」

ここでできる話ではなさそうだ。俺は彼女と一緒に、三階の部屋に向かった。

「散らかっててすみません」

冷静さを取り戻した鞠花は、テーブルの上に広げてあった本を片づけ始める。それらはすべて整備に関するもので、彼女の本気度を改めて知った。

「どうぞ」

俺は本が並んでいたテーブルの横にクッションを出されて座った。

1DKの部屋は、工具をきっちり並べる整備士らしく、きちんと整理整頓されていた。淡いブルーのシーツがかけられているベッドをはじめ家具はすべて白で統一されていて、純粋で可憐《かれん》な鞠花の印象通りだ。

「コーヒーでいいですか？」

「ありがとう。でも、今はいい。ここ」

キッチンに行こうとする彼女の腕を引き、隣に促す。

「俺はいいから、座って」

どうやらクッションはひとつしかなさそうだ。彼女に譲り、隣に座り直した。

鞠花が少し逃げ腰なのは、距離が近くて緊張しているのだろうか。でも、捕まえておかなければ遠くに行ってしまいそうで怖い。

俺は彼女の腰をしっかりと抱いてから口を開いた。

「さっき、結婚すると話してたよね。俺を好きだと言ってくれたのに、誰と結婚するはずだったの？」

端的に問う。すると彼女は視線を落としたものの、薄い桜色の唇を動かし始めた。

「……許婚です」

「許婚？　ご両親が決めた相手？」

大きくうなずいた鞠花は、眉根を寄せつつも続けた。

「父はエレエヌ電機の社長をしています。うちには男の子がいなくて、父は跡取りを望んでいました。それで私が十八になったとき、家族ぐるみでお付き合いしていた家の次男の方を婿養子として迎えると決めました」

エレエヌ電機といえば、誰もが知る大手の電機メーカーだ。跡取りを望むのもわかる。とはいえ、血縁者以外の人間から次の社長を選んでもいいのに。まだ古い習慣が残っているようだ。

「鞠花はその人が好きで承諾したの？」

尋ねたものの、答えを聞くのが怖い。今は心が離れているように感じるけれど、婚約当初は恋に落ちていたかもしれないからだ。過去はどうにもならないとわかっていても、相手の男に嫉妬してしまう。

「……いえ。彼――太田さんは父の会社が欲しいだけなんです。父や母の前では紳士を装っていますけど、私のことなんて少しも好きではなくて、奴隷くらいにしか思っていません」

「奴隷？　そんな男、すぐ手を切ればいいじゃないか」

ごく当然の発言をしたつもりなのに、鞠花は首を横に振った。

「無理なんです。父は太田さんのお父さまとは仕事上の付き合いもあって信頼していて、彼のことも気に入っています。なにより私は……」

鞠花はそこでなぜか口をつぐむ。ここに大きな悩みが隠れている気がして、彼女の心の整理がつくまではと急かさないで待った。

鞠花はしばらく視線を泳がせ、なにかをためらい、しかし覚悟したように表情を変える。

「……私、夏目の両親の本当の子ではないんです」

「それはどういう……？」

彼女の言葉を即座には呑み込めない。本当の子ではないとは、どういうことなのだろう。

「ごめん。話せないならそれでも構わない」

その先が知りたくてたまらないけれど、彼女の心には深い傷がありそうだ。それならば、その傷をえぐらないようにしなくては。

「いえ……。こんなつまらない話を本当にしてもいいですか？」

「もちろんだ。それに、つまらない話なんかじゃない。鞠花の大切な人生についてだろ？」

きっと、重い過去を聞かされる俺を心配しているに違いない。でも、彼女を支えたいと思っている俺にとっては大切な時間だ。

「はい」

涙ぐみながら返事をした鞠花は、数回深呼吸をしてから話し始めた。

「私の本当の父は、母と私に暴力をふるう人で、五歳のときに母が腕の骨を折られてしまい、それを機に離婚しました」

苦労知らずの箱入りで育ったとばかり思っていた鞠花に、そんな壮絶な過去があったとは。

「養育費も望めず、私を抱えて仕事をいくつも掛け持ちしていた母は、そのうち夏目家の家政婦の職を得ました。夏目家の離れで住み込みで働かせてもらえて、ようやくまともに生活ができるようになった頃、体調を崩して倒れてしまったんです」

当時を思い出しているのか、彼女の体が小刻みに震えている。俺は見ているのがいたたまれなくなり、抱きしめた。

「大丈夫だ。ゆっくりでいい」

そう伝えると、鞠花は俺のシャツをギュッとつかんで大きく息を吸い込む。

「それが小学校三年生の冬。母は癌《がん》におかされていたんです」

衝撃の告白に言葉も出ない。唯一の頼りだった母が病に倒れるとは。

「お医者さまから陽子線治療を薦められましたが、三百万ほど自己負担しなければならないとわかって、母は断りました。そんなお金、どこにもなかったんです。保険診療ですら支払いがきつく、母は日に日にやつれていきました。そんなとき、旦那さま……いえ、お父さまに言われたんです。鞠花がうちの子になるなら、お母さんの治療費を出してあげようと」

「それで養子に？」

尋ねると彼女は深くうなずいた。

「母が助かるなら、なんでもしたかった」

鞠花の気持ちは痛いほどわかる。たったひとりの肉親である母親を救うためなら、どんな取り引きでもためらわなかったはずだ。

「でも治療の甲斐《かい》なく、一年後に母は亡くなりました」

「それは残念だ」

小学校四年生といえば、まだまだ母親に甘えたい年頃だ。どれほどつらかったか。

鞠花は俺の胸で静かに涙を流している。

すっぽり腕の中に収まるほど小柄で、心に大きな傷を抱えた彼女を、どうしても守りたいという気持ちが強烈に湧き起こった。

「夏目家にはお子さんがいなかったんだね」

それで鞠花を欲しがったに違いない。

実母が亡くなったのは残念だが、身寄りがなくなった鞠花にとってもよい選択だったのではないかと軽い気持ちで口に出すと、彼女は俺にいっそうしがみついてきて首を振る。

「ひとつ年上の女の子がいました」

「それじゃあ、姉妹として育ったのか？」

実子がいるのに鞠花を養子に望んだのは、母の余命を知って救いの手を差し伸べようとしたからかもしれない。夏目家の両親は、きっと優しい人たちなのだろう。

そう推測したのに、鞠花は俺から離れて眉間にしわを寄せる。

「夏目家の娘、静奈さんは……母が夏目家で働き始める少し前に事故で亡くなったんです。お母さまの目の前でトラックにはねられたそうです」

それを聞いた瞬間、全身に鳥肌が立ち始めた。

まさか……。

「お母さまは静奈さんを亡くしたショックから立ち直れず、夏目家の離れで暮らすようになった私を、静奈さんと重ねるようになったんです。私を見かけると、〝静奈〟

と呼ぶようになりました」

鞠花を亡くなった静奈さんの代わりに？

鞠花は、静奈としての人生を強いられたのだ。彼女は母の治療費と引き換えに、それを了承したのだろう。

鞠花は夏目家の両親に対して〝恩〟があるという言い方をする。結果として母は亡くなったものの、陽子線治療ができなければもっと早くに命を落としていた可能性もある。だから〝恩〟には違いないし、鞠花が夏目家の両親に頭が上がらないのにもうなずける。

幼い子がたったひとりの母を失うつらさを思えば、自分の人生を投げ打ち、他人の人生を歩むのも大したことではなかったのかもしれない。だから文句も言わず夏目の両親に従い、婚約も受け入れた。鞠花は実の母を助けてもらう代わりに、自分の人生を捧げたのだ。

「夏目のお母さんは、今でも静奈と？」

「はい。母が亡くなって正式に夏目家に養子に入ってからは、鞠花は完全に死にました。戸籍には名前が残っていますが、家では静奈と呼ばれています」

かすかに声を震わせる鞠花がどれだけ傷ついているのかと思うと、胸が痛くてたまらない。自分を殺して生きてきたなんて、残酷すぎる。

「二十五歳までというのは？」

「大学を卒業したら花嫁修業をするようにと言われていました。でも、どうしても整備の仕事がしたくて……整備士になりたいと漏らしたら、あきれられました」

鞠花は苦しそうな声を振り絞る。

「母を亡くしてから家に帰るのがつらくて、通学路にある自動車整備工場に立ち寄り、整備の様子を見ているのが習慣になりました。そこのおじさんやお兄さんに親切にしてもらえて、その時間だけが私の心のよりどころで……絶対に整備士になると決めていたんです」

それで整備の道へ進んだのか。きっと、その時間が楽しくてたまらなかったに違いない。

「私、岸本さんの『自分の人生は自分のものだ』という言葉を思い出して、何度も何度もお願いしました。そうしたら、婚約者の太田さんの海外赴任が決まったこともあり、彼が帰国する二十五歳までならとようやく許されました。私が整備士になれたのは、岸本さんのおかげなんです」

そんな約束があったとは。

「それは違うよ。俺の言葉はきっかけになっただけ。鞠花の強い信念と勇気が今の道を切り開いたんだ」

背中くらいは押したかもしれないけれど、彼女が踏ん張ったから今があるのだ。

そう伝えると、彼女は大きな目をさらに開いて驚いている。

「今まで苦しかっただろ？」

彼女の瞳がみるみる潤んでくる。

「よく頑張った」

一旦あふれた涙はあとからあとからこぼれてきて、彼女の頬を濡らしていく。

俺はそっと涙を拭ってから続けた。

「なぁ、鞠花。俺にお前を守らせてくれないか」

「えっ？」

「一緒に生きていくのは嫌？」

どうやらピンときていない様子の彼女は、瞬きを繰り返して放心している。

「結婚、しよう」

はっきりプロポーズの言葉を口に出すと、動かなくなってしまった。

自分でも無茶苦茶だし、急すぎるとわかっている。本当はゆっくり愛を育んで、いつか夫婦になれたらそれでいい。

けれど、意にそぐわない結婚を迫られている今、悠長なことを言ってはいられない。結婚してしまったら離婚できなくなる可能性もあるのだから、結婚そのものを阻止するしかない。

「そんな……。本気なんですか？」

ようやく言葉を発した鞠花は困惑しているようだ。

俺は、バッグから取り出したものをテーブルに置いた。

「もちろん。さっき役所に寄ってもらってきたんだ」

テーブルの上に置いたのは婚姻届だ。鞠花はひどく驚いているものの、俺は極めて冷静だった。

「鞠花が戸惑うのはあたり前だ。俺たちはまだそんな仲でもない。でも、鞠花を守るのは俺でありたい。ほかの男に渡すなんて考えられない」

正直な言葉を口にすると、動揺しているのか目をキョロキョロ動かした。

「でも、岸本さんに迷惑が……」

無意識なのか、俺の腕を強くつかんで訴えてくる。

「迷惑なわけがないだろう？　俺は鞠花と夫婦になれたらすごくうれしい。結婚してみてどうしても合わないと思ったら、そのときは別れてもいい」

そう口にしながら、絶対にそんなことはさせないと思っていた。生涯、彼女のパートナーでありたいし、そうなるために努力する。

「もちろん大切にするし、整備の仕事を続けてほしい。俺の手を取ってくれないか?」

彼女の目をしっかり見つめて気持ちをぶつける。

もし、結納が目前に迫っていると知らなかったら、こんなに早急にプロポーズはしなかった。けれど、どうしても彼女が欲しい。

無論、このプロポーズを後悔するようなことは決してないと誓える。

髪を切ってまで仲間を守ったり、顔を真っ黒に汚して黙々と整備の仕事をこなしたり、俺を心配して涙をこぼしたりする彼女は、優しくて魅力的な女性だから。

焦点が定まらなくなった彼女の困惑が手に取るようにわかって焦る。

「好きなんだ」

俺は彼女の手を握り訴えた。

「……私も、好きです」

泣きそうな顔で想いを吐露する彼女を前に、理性など働くはずもなかった。

「好きだ。俺だけの女になってくれ」

俺はもう一度気持ちを伝えて、彼女の唇を奪った。

ただ触れるだけのキスがこんなに幸せを感じるものだとは。

しばらくして離れると、真っ赤な顔をした鞠花が胸に飛び込んでくる。

「結婚してほしい」

彼女をしっかりつかまえてプロポーズの言葉を繰り返す。

「ほんとに、私でいいんですか？」

「鞠花がいい。鞠花じゃないと困るんだ」

そう伝えると、今度はうなずいてくれた。

「……よかった。大切にする」

まさか自分がこんなに電撃的に結婚を決めるとは思いもよらなかった。しかし、彼女を手放したら絶対に後悔すると断言できる。

俺は彼女を抱きしめて、必ず幸せにすると心に誓った。

「太田さんはどうしたらいいのか……」

腕の中の鞠花は、不安そうにつぶやく。

「ご両親には俺から話をする。だから、なにも心配いらない」

恩というもので雁字《がんじ》搦《がら》めになっている鞠花は、弱みがある状態。しかも太田という男は、夏目の父が経営する会社が欲しいようだからどんな手でも使いそうだ。彼女への愛があるより厄介《やっかい》かもしれない。

しかし、鞠花を手に入れるためならなんでもする。

「岸本さんまで巻き込むなんて……」

俺は困惑の声をあげる鞠花を解放して、頬を両手で包んだ。

「もう夫になるんだ。広夢でいい」

「……広夢、さん」

名前を呼ばれるだけで胸がざわつくくらい、彼女が好きだ。

「うん。夫が妻を守るのは当然のことだろ？　俺が鞠花を守りたいんだ」

俺の腕をつかむ彼女の手の力が意外にも強い。でも俺はそれ以上の力で彼女の未来をつかんでいたい。

「もうひとりで闘わなくていい。なにもあきらめなくていい。俺と一緒に前に進もう」

そう伝えると、彼女の瞳から涙がこぼれる。

二度と籠に閉じ込めたりしない。必ず俺が、お前の自由を取り戻す。

「はい」

泣きながら笑う彼女の頬に口づけをして、もう一度抱きしめた。

そのあと、ふたりで婚姻届に名前を記入した。

鞠花は「本当にいいんですか？」と何度も繰り返して本気かどうかを確かめてくるけれど、もちろん笑顔でうなずく。

少し震える手で名前を書き終えた彼女は、ようやく満面の笑みを見せてくれた。

鞠花は鞠花自身の人生を取り戻すべきだ。


「鞠花」

俺は彼女の両肩に手を置いた。

「必ず幸せにする。だから、俺についてきてほしい」

改めて伝えると、彼女の頬が緩んだ。

「もうこれ以上の幸せなんて……」

彼女がぼそりとつぶやいた言葉がどれだけうれしかったか。幸せだと思ってくれているんだ。

「バカだな。こんなの序の口だ。ふたりで幸せになろう」

「はい」

はにかむ彼女が愛おしすぎて、もう一度唇を重ねた。

過去への決別

月の半分は家にいないというパイロット。広夢さんも例外ではなく、なかなかふたりの時間が取れない。

しかし、情熱的なプロポーズから半月。合鍵をもらって、３ＬＤＫの彼のマンションで生活するようになった私は、広夢さんの匂いがするベッドで眠るだけで幸せだった。

タイヤ交換を何本も担当してへとへとになった夜勤明けのその日。広夢さんのマンションに帰宅してソファでうとうとしていると、唇になにかがあたった気がして目を覚ました。

「ごめん、起こした？」

「広夢さん！　おかえりなさい」

シンガポールから午前便で帰ってくると聞き、寝ずに待っているつもりだったのに大失態だ。

「ただいま。ごめん、この唇に誘われて我慢できなかった」

艶っぽい顔で私の唇に触れる彼に目を瞠る。

さっき触れたのは唇？

「さ、誘ってなんて……」

「そう？　それじゃあ勘違いだな。会いたくてたまらなかったから、そう見えたのかも」

優しい声でささやく彼は、私を引き寄せて甘いキスを落とす。舌で唇をこじ開けられて、そのまま濃厚なキスに変わった。

キスは何度もしたけれど、こんなに深いキスは初めてだ。恥ずかしくて全身が火照《ほて》り始め、息がうまく吸えない。

「はっ」

しばらくしてようやく離してもらえたので大きく息を吸うと、クスッと笑われてしまう。

「こんな顔で誘ってくるくせして、キスが下手とか。そのギャップがたまんない」

どんな顔をしているというの？　私の顎をすくうあなたのほうが、艶っぽい顔をしているでしょう？

恥ずかしさのあまり両手で顔を覆ったのに、「ダメだ」とすぐにはがされた。

「見ないで」

「どうして？　愛おしい妻の顔は見ていたいものだろ？」

あたり前のように言うけれど、こうしたやり取りに慣れていない私は、目をぱちくりさせるだけで精いっぱいだ。

「会いたかった」

つい数秒前までおどけた調子だったのに、いきなり真剣な顔でささやかれて心臓がドクンと大きな音を立てる。

「会いたかったよ、鞠花」

両頬を大きな手で包まれて求められると、胸がいっぱいになる。

「私、も」

そう答えた瞬間、再び唇が重なった。


シャワーを浴びた広夢さんは、ひと眠りすると言う。私もまだ眠り足りなくて、一緒に大きなベッドに入った。

ここに住み始めてから同じベッドで眠るようにはなったものの、いまだ彼はキス以上を求めてこない。おそらく、太田さんとの関係を清算してからだと思っているからだろう。記入した婚姻届をすぐに提出しなかったのも、そのせいに違いない。

間近でまじまじと見つめられるのがどうしても恥ずかしくて、広い胸に顔をうずめると、優しく髪を撫でてくれる。面映ゆくて鼓動が速まるものの、とても心地いいひとときだ。

「広夢さん、次のフライトは？」

「明日、明後日と休みで、その次がスタンバイ。ようやく鞠花とゆっくりできる」

それを聞いて顔がにやける。私も明日と明後日は休みだからだ。

「ただ……」

「ただ？」

私の顔をのぞき込む彼が深刻そうな顔をしているので、緊張が走る。

「明後日の日曜、夏目家にお邪魔できないか？」

彼は決着をつけようとしているのだ。

両親から指定された太田さんとの結納は一カ月後。早く結婚を断らなければと焦っていたけれど、広夢さんが俺に任せろと言うのでそのままになっている。

「連絡しておきます」

「結婚については触れなくていい。当日俺から伝える」

「でも……」

これは私の問題だ。広夢さんに余計な苦労を背負わせるのはやはり気が引ける。

「妻を守るのは夫の役目だよ。一度で納得してもらえなければ何度だって足を運ぶ。

でも、鞠花には少し嫌な話を聞いてもらわなければならない」

「嫌な？」

「明日、太田さんと会う約束をした」

「えっ……？」

どうして？　太田さんと接点があるの？

「高校時代の友達に、弁護士になったやつがいるんだ。鞠花が奴隷のように扱われていると話していたのが気になって、信頼できる探偵を紹介してもらった。太田さんについてはすべて調べがついている。そっちの決着をつけてから、夏目家に行く」

調べがついているということは……。

「香苗《かなえ》さんのことも？」

そう漏らすと、彼は目を見開いた。

「知ってたのか？」

コクコクうなずくと、彼は強く抱きしめてくる。

父や母と同じように私を静奈と呼ぶ太田さんは、実はほかにも女性がいる。

私が二十歳になったばかりの頃。偶然、色白の小柄な女性と腕を組んで歩いている彼を見かけた。問い詰めるとあっさり恋人だと認め、『俺たちはビジネスライクな結婚だとわかってるだろ？　静奈も自由にしていいよ』と言い放たれて衝撃を受けたのだ。それが香苗さん。

太田さんは、結婚後も彼女との関係を続けると宣言している。香苗さんが愛人でいることを納得するのが不思議だったが、離婚歴があるようで結婚して縛られるのはこりごりなのだとか。

父に、『太田さんにはほかに想う人がいてその女性と付き合っています。そんな人のところに嫁ぎたくありません』と訴えたことがある。しかし、『恋愛と結婚は別物だ。結婚までには清算するように話しておく』と流されてしまった。

「それなのに結婚って……。そこまで自分を犠牲にしなくていいんだよ。お母さんの治療費を出してくれた恩はまた別の話だ。お母さんだって自分のために苦しむ鞠花なんて見たくないはず」

「犠牲？」

私は今まで当然だと思ってきたのに。

「そうだ。たとえ親であろうとも、どんな事情があろうとも、鞠花に結婚を強要することは許されない。鞠花はひとりの人間として、きちんと尊重されるべきだ。もう解放されてもいいんだよ。鞠花は好きな整備の仕事を続けてもいいし、俺が幸せにする」

母の治療費を出してもらい夏目家の養子に入ったあの日から、肌に食い込むほどの勢いで私を縛っていた頑丈なロープがプツンと音を立てて切れた気がした。

「私……自分の人生を取り戻したい」

ようやく言えた本心を、うれしそうな顔で聞いてくれる。

「そうしよう、俺と一緒に」

「はい」

腕の中に飛び込むと、しっかりと抱きとめてくれた。


翌日。私たちは太田さんに指定されたホテルのラウンジに足を運んだ。

約束の時間を少し遅れてきた太田さんは、私を見つけるなり思いきり眉をひそめ、隣の広夢さんをにらんだ。

「初めまして、岸本と申します」

広夢さんは立ち上がり、丁寧に腰を折る。

「岸本？　弁護士は九条《くじょう》と名乗っていたはずですが」

「はい、私は弁護士ではありません。まずは弁護士なしで穏便にことが運べばと思いまして」

広夢さんは微笑むが、その眼光は鋭い。

「どうぞ」

広夢さんに促された太田さんは、仕方なさそうに私たちの対面の席に着き、コーヒーを注文した。

「静奈。俺が忙しいとわかっているだろう？　なぜメッセージの返事をよこさない」

式場の下見とドレスの試着について何度かメッセージが入ったが、返信していないのだ。

「彼女は静奈ではありません。鞠花です」

私が返事をする前に、広夢さんが言い返す。

「そんなことはわかっています。ですが、夏目家ではそれが彼女の名前です」

悪びれもせず言い放つ太田さんは、あからさまに迷惑そうな顔をした。

コーヒーが運ばれてくると、ひと口のどに送った太田さんが再び話し始める。

「それであなたは誰なんですか？」

「私は鞠花の夫になる者です」

広夢さんが堂々と言い放つと、太田さんは目を丸くした。

「は？ なにをバカげたことを。静奈は私の婚約者です。式場ももう決定していますし、結納もする予定で」

あきれ返る太田さんは、不愉快そうな顔で私を見た。いつもそう。気に入らないことがあると、こうして威圧してくる。

「あはは。私はこんな茶番に引っ張り出されたんですか？」

「茶番じゃありません」

思いきって口を開くと、広夢さんが私の手を握った。きっと、無理をするなと言っているのだ。けれど、広夢さんに頼るだけの人間にはなりたくない。私も私の人生のために闘いたい。

「先日、彼からのプロポーズを受けました」

「どういうことだ！」

感情に任せてドン！とテーブルを叩く太田さんは、眉をつり上げて大声を出す。

けれど、ひるみたくはない。私は広夢さんと幸せになりたい。広夢さんが、私を解放してくれたから。

「太田さんは、父の会社が欲しいだけで、私になんて少しも興味ありませんよね」

「はぁっ？　勝手に婚約破棄して、ただで済むとでも？」

太田さんは私の問いかけを無視する。その通りなので答えられないのだ。

「お前たちが雇った弁護士とやらは、婚約不履行で訴えられると教えてくれなかったのか？」

怒りの形相で私に突っかかってくるけれど、好きでもない女に婚約破棄されたとしても問題ないはずだ。ただ、父の会社が手に入らないだけ。

「もちろん、教えていただきました。ですが、この事態を招いた責任はあなたにある。ずっと前から別に恋人がいたそうですね」

広夢さんはバッグから写真を何枚も出してテーブルに並べた。その中には香苗さんと手をつなぐ太田さんの写真もある。

「なんだ、これ」

「たった数日でこんなに撮れました」

たった数日？　ということは、最近の写真？

私が驚愕したのは、香苗さんのお腹が膨らんでいるからだ。

「鞠花との婚約が持ち上がる少し前。太田さんは香苗さんと出会い、男女の仲になりました。当時、香苗さんは結婚していましたが、その後離婚。周囲には香苗さんが再婚を望まないと吹聴していたようですが、もうその頃から鞠花に、いやエレエヌ電機に目をつけていたあなたが結婚を望まなかった」

聞いていた話と違う。香苗さんは前の夫との生活に嫌気がさして二度と結婚したくないから、結婚はお前とするんだと宣告された。

「しかも、香苗さんは鞠花の存在をご存じない」

嘘……。

太田さんは、私との政略結婚を香苗さんも承知していて、愛人という立場で構わないと承諾していると話していたのに。

反論してこないところを見ると、事実のようだ。

「婚約が継続できないのは、鞠花のせいでしょうか？　海外赴任に婚約者以外の女を同伴し、しかも妊娠させるという面の皮の厚いことをしておいて、鞠花を責める権利があると？」

シンガポールにも連れていったの？

知らなかった事実が次々と明らかになり、衝撃で頭が真っ白になる。

「そんな状態で、婚約を維持できると思われたのですか？　鞠花は香苗さんの存在を知らされても耐えに耐えた。それなのに、香苗さんを孕《はら》ませたと知り、完全に捨てられたと思ったのです。それで、私のプロポーズを受けてくれた」

広夢さんは淡々と語るが、その顔には怒りが表れていた。

後半は作り話ではあるけれど、事情をよく知らない人が聞いたら納得するシナリオだ。

「双方弁護士を立てて争いましょうか？　香苗さんもさぞかし驚かれるでしょうね」

広夢さんは意味深長な話し方をする。

青ざめた顔でしばらく黙り込んだ太田さんだったが、ふとなにかを思いついたように話しだした。

「夏目家の両親が、お前たちの結婚を許すはずもない。すでに俺たちの婚約は周囲の人たちに知れ渡っている。婚約解消だなんて、みっともないことができるわけがないだろ！」

「娘の夫に愛人と隠し子がいるほうがみっともないですね」

動揺で声が上ずっている太田さんに対して、すかさず言い返す広夢さんは極めて冷静だ。なにがあっても動じないパイロットの平常心というものを垣間見た。

「いいだろう。弁護士を立てて争おう」

半分やけっぱちになっている様子の太田さんが、鼻息を荒くする。すると広夢さんはにやりと笑った。

なんなのだろう、この余裕は。優位に立っているから？

不思議に思っていると、近くのテーブルにいた背の高いスーツ姿の男性が立ち上がり、カツカツと革靴の音を立てながら歩み寄ってきた。

「初めまして。弁護士の九条と申します。お話は聞こえておりました。私の出番のようで」

広夢さんが依頼した弁護士だ。まさか、待機しているとは思わなかった。

九条さんが丁寧に名刺を差し出したものの、顔を引きつらせる太田さんは受け取ろうとしない。

「太田克己さんで間違いありませんね。婚約者がいながら長年にわたり不貞行為を働いていたのは、この写真からも明らかです。これは婚約者への背信行為であり、婚約解消の正当事由に当たります」

九条さんの口調は決してきつくはないけれど、顔はまったく笑っていない。すさまじい威圧感だ。

「シンガポールでは会社の借り上げ社宅にお住まいだったようですが、家族でない方との同居が社内規定で禁じられているのをご存じですよね？　なおかつ、住まわれていたマンションの契約も単身者の入居となっておりますので、こちらも契約違反にあたります」

じわじわ攻められる太田さんは、無意味にコーヒーカップを握ったり放したり、腕を組んだりと、落ち着きをなくしている。

「とはいえ、正式に婚約解消となる前に婚約された岸本さんにも非がないとは言えません。お望みであれば、法廷ですべてを明らかにしましょう」

九条さんが話している通り、法廷に持ち込めば私たちにも過ちがあったと認定されるはずだ。しかし、どう考えても婚約が破綻に至った原因が太田さんのほうにあることも明らかになる。

「ああ。ちなみに、婚約者がいると知らされていない香苗さんからも慰謝料請求される可能性があります。お忘れなく」

九条さんはにこっと口角を上げながら、とどめを刺した。

「なんなんだ」

太田さんはようやく言葉を発したものの、視線が定まらない。

「穏便に済ませましょうか？」

広夢さんが問いかけても太田さんは黙ったままだ。

「岸本さんは、こちらの書類に署名いただければことを荒立てるのはやめるとおっしゃっています」

九条さんがテーブルに出したのは、婚約を解消するという誓約書だ。

「どうなさいますか？　裁判か、ここで終わりにするか」

万年筆を差し出しながら尋ねる九条さんは余裕の表情だ。数々の不貞の証拠を握られ、なおかつ香苗さんを妊娠までさせた太田さんが、これに署名するしかないとわかっているのだ。

万年筆をひったくった太田さんは、渋々ではあるけれど誓約書に署名をして、憤りをあからさまに顔に浮かべてひと言。

「クソ女が」

「二度と鞠花の前に現れるな」

腰を浮かして、怒りに満ちた声で言い返す広夢さんは、鋭い眼光で太田さんをにらみつける。すると太田さんは逃げるようにラウンジを出ていった。

「九条、ありがとう」

広夢さんが頭を下げる。

あっという間に事態が動き放心していた私も、慌てて立ち上がって同じように腰を折った。

「いや、大したことはしてない。それにしてもあの男、まれにみるクズだな。……おっと、夏目さんの前で申し訳ない」

「いえ」

太田さんを好きではなかった私は、夫となる人に別の女性の影があるのが嫌ではあったものの、嫉妬の念を抱くことはなかった。ただ、ほかの女性との結婚が決まっている男性と寄り添う香苗さんが信じられないという思いはあった。それなのに、彼女も被害者だったなんて。妊娠までして、これからどうするのだろう。

「夏目さん、岸本から事情を聞きました。あなたは〝静奈さん〟ではなく〝鞠花さん〟として生きる権利がある。岸本はいいやつです。ふたりで幸せになってください」

「ありがとうございます」

幸せを求めても許される。それがこんなにうれしいなんて。

「法律で手伝えることがあればまた連絡して。それでは失礼します」

九条さんはにこやかに微笑んでから去っていった。

「鞠花、大丈夫？」

九条さんのうしろ姿を見送りながら、放心して立ち尽くす私を広夢さんが心配している。

「ちょっとびっくりして」

「そうだよな」

「これで太田さんから離れられるの？」

十八歳で婚約を強要されてから今まで、彼の不誠実な行動に苦しみ続けてきたのに、たった数分でかたがついたなんて信じられない。

「もちろんだ。そもそも法廷で争うことになれば、鞠花と太田さんの結婚が成立する可能性はゼロだったんだ。婚約中の不貞行為は民法の貞操義務違反に当たり、損害賠償義務が発生する事案だ。鞠花が婚約の継続を望まないのに、あちらがそれを求めても却下される。俺と鞠花の関係を突かれても慰謝料を減らされるだけ」

慰謝料が欲しいなんてこれっぽっちも思っていないのだから、それはまったく問題ない。

「つまり太田さんは、鞠花と結婚したければ訴訟を避けて話し合いで解決するしかなかったんだよ」

だから太田さんが『弁護士を立てて争おう』と啖呵《たんか》を切ったときほくそ笑んでいた

のか。そう言うように焚《た》きつけたのだろう。シナリオ通りだったわけだ。

「それに万が一彼がなにか反撃してきても、俺が対処する。あとは夏目家のご両親だけだ」

「両親……」

緊張が走る。ある意味、太田さんとの面会より夏目の両親と話をするほうが怖い。

「鞠花」

ピリッとした声で名前を呼ばれて顔を向けると、彼は私の頬に触れてくる。

「なに怖い顔してるんだ。俺はお前の笑顔が好きなんだ」

「広夢さん……」

「鞠花は傷つくことに慣れすぎ。そんな人生は終わらせるし、これから俺がその傷を全部癒す。だから笑ってろ」

彼が優しく微笑むので、私も笑顔になれた。

「さて、せっかくだからデートしよう」

「デート？」

「あれ、嫌？」

「まさか！」

あれよあれよという間に婚約してしまったため、まともにデートもしていない。飛び跳ねたくなるくらいうれしい。

「そう、その顔。ここでキスしたくなるくらいかわいい」

「え！」

「冗談だって。あとでたっぷりな」

それは本気？

目を丸くする私とは対照的にクスッと笑う彼は、「行くぞ」と私の手を引っ張った。

どこに行くのかと思いきや、広夢さんは繁華街に足を向けた。

背の高い彼は、人ごみの中でも頭ひとつ抜きん出ていて目立っている。スタイル抜群で、甘いマスクを持つ彼に向けられる女性たちからの視線が気になって、『見ないで！』と叫びたくなる。自分にこんな独占欲があるとはびっくりだ。

そんなもやもやした気持ちを抱えていると、広夢さんがいきなり私の肩を抱いた。

そして小声でひと言。

「見るなよ」

何事かと彼を見上げると、私の肩を抱く彼の手に力がこもる。

「すれ違う男が鞠花を見ていく。俺の女なのに」

〝俺の女〟というフレーズにドギマギしてしまったけれど、まさか彼も同じようなことを考えていたとは。けれど、彼はともかく、私を見ている人なんているの？

「広夢さんを見てるんじゃ……」

そう言うと、なぜか彼は少し不機嫌になる。

「鞠花はもうちょっと自覚を持ったほうがいい」

自覚とは、なんのことだろう。首を傾げると、彼はいきなり私の顎をすくった。

「こんなかわいい顔して。今までよく無事でいられたものだ」

真っ黒に日焼けした私に向けられた言葉だとはにわかには信じられず、言葉が出てこない。

「見せつけておこうか」

「見せつけるって？」

「濃厚なキスでもしとく？」

とんでもない発言に目を白黒させると、彼はクククッと笑った。からかわれたのだ。

「まあ、我慢しておく。キスのあとの鞠花のとろけた顔を誰にも見られたくないし」

とろけた顔？

そんな覚えがまったくない私は、恥ずかしさのあまり顔から火を噴きそうになる。

「あとでな」

そして艶やかな声でのとどめのひと言に、腰が砕けそうになったけれどなんとかこらえた。

鼓動が速まったままの私とは対照的に、広夢さんは平然とした顔でしっかり手をつないで大通りを進む。そして、とあるかわいらしい雑貨店に入って食器を選びだした。

「うーん、鞠花はどっちが好み？　シンプルに真っ白もいいけど、このブルーも深みがあってなかなかいいな」

マグカップを手に真剣に悩む彼は、私に問う。

「カップ、たくさんありましたよ？」

彼のマンションに転がり込んで驚いたのは、その広さだけではなかった。食器や家具が一流品ばかりで、しかも新品のようにピカピカだったのだ。

それを伝えると、家にいる時間が少なくてあまり使ってないという答えが返ってきたけれど、『これから鞠花が使ってくれるから、そろえてよかった』と微笑まれて照れたのを覚えている。

「せっかく夫婦になるんだから、ペアでそろえないと。俺がブルーで、鞠花はこのオレンジなんてどう？」

ペアカップ？

食器は飲んだり食べたりするために使うものだという認識しかなかったけれど、好きな人とおそろいであれば持っているだけで気分が上がりそうだ。

「好きです」

うれしさのあまり弾んだ声で答えると、彼は驚いたような顔をする。どうしたのだろう。

「俺も好き。鞠花が世界で一番好き」

熱を孕んだ視線を向けてささやく彼を前に、たちまち体が火照りだす。

『好きです』はオレンジ色のカップについての返事だったのに。

「俺への告白だと勘違いしそうになるくらい、お前が好き」

そう打ち明ける彼は、ブルーのカップを手に持ったまま私に軽いキスをする。

「ちょっ……」

「大丈夫。誰も見てない。でも……」

言葉を濁す彼は、意味ありげな笑みを浮かべて私の耳元に口を寄せる。

「このカップを見るたびに、キスしたことを思い出すかもな」

とんでもない発言に固まっていると、彼は続ける。

「いっぱいニヤつく思い出作ろうな」

「……ニヤつく？」

照れくさくてたまらないけれど、もう苦しい思い出はいらない。広夢さんとふたりで心弾むような思い出を積み重ねていきたい。

そう思った私はうなずいた。

「それじゃ、これに決定。次はランチに行こう。なに食べる？」

私だけでなく、彼も楽しそうだ。好きな人との時間がこんなに有意義で心躍るものだとは知らなかった。

「和食が食べたいです」

「了解。これ買って行くぞ」

差し出された手を握ることにもうためらいはない。だって彼は私の最愛の旦那さまになるのだから。

私が手をつなぐと指を絡めて握り直した彼は、私にオレンジのカップを持たせて微笑んだ。

彼女が彼女であるために　Ｓｉｄｅ広夢

エレエヌ電機の社長である鞠花の父親は、会社のホームページの写真では目尻のしわを深くしてにこやかな笑みを浮かべており、優しげな人のように見える。

しかし、鞠花を静奈と呼び続けるのは非情ではないかと思う。

いくら愛娘を亡くして絶望と悲しみのどん底にいたからといって、鞠花の人生を奪う権利はない。しかも、母親の治療費という幼い子にはどうにもならないニンジンをぶら下げてイエスの返事しかできなくしたのだから、さすがにひどい。

初めて訪れた夏目家は高級住宅街にある洋風の一軒家。どこかノスタルジックなその家には手入れが行き届いた大きな庭があり、鞠花がかつて実母と暮らしたという離れも残っている。

久々にスーツを纏った俺は、緊張しつつも必ず鞠花を解放するという意気込みで十分だった。

白髪交じりの優しそうな家政婦に案内された応接室には、深いブラウンのソファが鎮座している。出されたコーヒーを口に運ぶ前に、夏目の両親が顔を出したので立ち上がった。

長いフレアスカートを纏った母親は、さすが社長夫人といった風格を漂わせている。一方で眼鏡姿の父親は、写真で見るより少し気難しそうな印象を受けた。

「どうしたの、その髪。なぜ切ってしまったの？」

鞠花の髪が短くなっていることに目を丸くする母親が、鞠花に歩み寄って声を荒らげる。

前回、実家を訪れたときはウィッグをかぶったという鞠花だが、今日は短い髪を隠さなかった。それは、静奈ではなく鞠花として生きていくという強い意志の表れでもある。

「申し訳ありません」

「静奈。誰が切っていいと言ったの！」

もうとっくに成人している鞠花の髪型を親が指定するとは、どこかいびつだ。しかも、やはり静奈とためらいなく呼ぶ。

鞠花は両親が思い描く〝静奈〟という理想の娘を演じさせられていたのだろう。

「奥さま。ひとまず座りましょう。お嬢さまも」

母親をなだめてくれたのは、家政婦だ。

母親はようやく対面の席に座った。すると家政婦は心配そうに鞠花を見つめたあと部屋を出ていく。

「それで、こちらの方は？」

そのやり取りを傍観していた父親が、ソファに座るとすぐに尋ねてくる。

「ご挨拶が遅れました。岸本広夢と申します。FJA航空で副操縦士をしております。本日は、鞠花さんとの結婚を許していただきたく参りました」

そう伝えると、父親の顔が引きつり、母親はあからさまに眉根を寄せた。

「なにを言っているんだね。静奈には婚約者がいるんだ。結納ももうすぐだし、式場も決定している」

怒りをにじませた声で俺をけん制するのは父親だ。

「婚約は解消となりました」

太田さんの署名が入った誓約書をテーブルに出す。すると、驚きつつもそれを確認した母親が、怒りで小鼻を膨らませながらなにも言わずに破き始めた。ただ、これはコピーだ。本物は九条に預けてある。

「もうすでに、会社に太田くんのポストが用意してある。この結婚は、静奈の気持ちだけでどうこうできるものではないとわかっているはずだ」

父親が鞠花を責める。

「僭越《せんえつ》ですが、彼女は静奈ではなく鞠花という名です。会社の跡取りが欲しいというお気持ちは理解できますが、そのために娘さんの人生を奪っていることにはならないでしょうか」

「うちの子は静奈よ。ねぇ、そうでしょう？　静奈」

母親は必死の形相で鞠花に食いつく。すると鞠花はうつむいて悲しげな表情を浮かべたものの、すぐに顔をキリリと上げた。

「いえ、私は鞠花です。母の治療費を出していただいたことには感謝しています。でも、静奈さんの代わりを務めるのはもうつらい」

鞠花が声を震わせながら胸の内を打ち明けると、母親が俺をにらみつけてくる。

「あなた、静奈になにを吹き込んだの？　だから整備士なんて反対だったのよ。私たちの目の届くところで花嫁修業をしていればよかったのに！」

眉をつり上げた母親が興奮気味にテーブルをドンと叩く。コーヒーの水面が激しく揺れ、怒りの大きさを示しているようだった。

「私はただ、自分の人生は自分のものだとあたり前の話をしただけです。どうかお願いです。鞠花さんをもう解放してあげてください」

深々と頭を下げると、頭に熱いものを感じた。立ち上がった母親にコーヒーをかけられたのだ。

「お母さま！　……広夢さん、大丈夫ですか？」

慌てふためいている鞠花を「問題ない」となだめて、ハンカチで拭う。

「私は鞠花さんを愛しています。必ず幸せにします。どうか、結婚を許してください」

もう一度訴えると、今度は父親から侮蔑の眼差しをぶつけられた。

「君は静奈をたぶらかして、うちの会社を狙っているのかね」

「とんでもない。私はパイロットを辞めるつもりはありません」

会社を欲しがっているのは太田さんのほうだ。

「静奈。太田くんとの婚約がなくなったら、銀行からの融資はどうするんだ。もうすでにそれを見込んで事業が動いているんだぞ」

なるほど。鞠花の話では、太田さんの父はメガバンクの重役らしい。その伝手で融資してもらう手はずになっているのか。

「それは鞠花さんとは関係ない話です」

それではまるで、鞠花の幸せより、ビジネスが大事だと宣言しているようなものだ。

夏目の両親に恩を感じ、苦しみながらも期待に応えようとしていた鞠花が不憫《ふびん》でならない。

「我が家のことは君には関係ない。静奈、誰が育ててやったと思ってる！　こんな失礼な男を連れてきて——」

育てた恩を盾にするのはあんまりだ。

反論しようと息を吸い込んだ瞬間、隣の鞠花が先に口を開いた。

「育てていただいたことには感謝しています。でも、私は静奈ではなく鞠花です」

細くて小柄の鞠花が毅然と反論する姿に驚きつつも、改めて呪縛から逃れて自分の人生を歩むのだという強い覚悟を感じた。

「静奈、どうしちゃったの？　この人に脅されているの？」

次に母親が俺をちらちら見ながら鞠花に尋ねる。

「脅されてなどいません。私は彼と結婚したい。整備の仕事も続けたいです。お父さま、太田さんとの婚約は破棄したいとお話ししましたよね」

「だから、恋愛と結婚は別だと言っただろ。なにをそそのかされたか知らんが、予定通り太田くんと結婚しなさい。すぐに入籍しろ」

顔を真っ赤に染めて言い捨てる父親は、鞠花に鋭い眼差しを向ける。

「太田さんは、私との婚約を白紙にすると承諾してくださいました」

「認めんぞ。ひとつくらい親孝行したらどうだ！」

「旦那さま」

そのとき、突然部屋に入ってきたのは、先ほどの家政婦だった。彼女は遠慮なしに中へと進んでくる。

「取り込み中だ」

「どうか、もうお嬢さまを自由にして差し上げてください。浅沼《あさぬま》さんから太田さんの本当の顔についてお聞きになったはずです。お嬢さまが結婚を拒否なさるのは当然です」

まさか夏目家にも鞠花の味方がいるとは思わなかった。

それにしても、浅沼というのは誰なのか。そしてなにを聞いたのだろう。

「家政婦の分際で口を挟むな！」

「いいえ。私はお嬢さまが旦那さまと奥さまの期待に応えようと必死に頑張られてきたのをそばで見ておりました。誰よりもお嬢さまの味方でいたいのです」

「川辺《かわべ》さん……」

鞠花は瞳を潤ませる。

「暇を出された浅沼さんから、先ほど連絡がありました。太田さんがお付き合いをされている女性は、妊娠六カ月だそうです。恋愛と結婚は別だとおっしゃいましたが、よそに子供までいてはお嬢さまが苦しまれるのは目に見えています。かわいいお嬢さまを、そんな人のところに嫁がせるわけにはまいりません」

眉をひそめる川辺さんは、声を震わせる。

鞠花をこれ以上縛り続けるならば、太田さんの裏切りをすべて告白するつもりだったが先を越された形となった。ただ、俺が伝えるより説得力がある。

夏目家は針のむしろだったのではないかと心配していたけれど、彼女のような人がいてくれてよかった。とはいえ家政婦という立場では、鞠花を完全に守れなかったに違いない。今も解雇覚悟で物申しているような気がする。

「お父さま、浅沼さんを解雇なさったのですか？　あんなに私たち家族に尽くしてくださったのに。静奈さんのお墓を守ってきたのは浅沼さんです。信頼すべきは太田さんではなくて浅沼さんなのに。どうして……」

鞠花は自分のことより浅沼さんがいなくなったことにショックを受けている様子だった。彼女はそういう女性だ。

「黙りなさい」

威圧的な物言いながらも声が小さくなった父親は、明らかに動揺している。

「旦那さま、奥さま。お嬢さまが静奈さんの名で呼ばれるたびに、小さな胸を痛めていたのはご存じですか？　それでもお母さまの治療費を出してもらえたからと、笑顔で返事をなさって。一方的な婚約だって、呑まれたではありませんか」

「結果的に解消と言っているじゃないか！」

「ですからそれは当然です。あんな裏切り男に大切なお嬢さまを差し出すのですか？　それならば、私は会社の前ですべてぶちまけます。旦那さまがお嬢さまを犠牲にして会社を発展させようとしていると」

川辺さんがそう吐き出した瞬間、立ち上がった父親の右手が彼女の左頬をとらえた。

「嫌。やめて……」

鞠花の悲痛な声を耳にしながら、俺はとっさに川辺さんと父親の間に割って入ってふたりを引き離す。

「落ち着いてください」

「私は認めん。絶対に認めんぞ！」

俺をにらんだ父親は、興奮気味に言い捨てて出ていってしまった。

「大丈夫ですか？」

「はい。ありがとうございます」

振り向いて尋ねると、川辺さんは頬を押さえてうなずいた。悲痛の面持ちの鞠花が、川辺さんのところに歩み寄り、顔をのぞき込む。

「私のせいでごめんなさい。赤くなってる。冷やさなくちゃ」

「お嬢さま、ご心配なく。それより……」

気丈にも笑顔を見せる川辺さんは、ソファで放心している母親のそばに行き、床に膝をついて目線を合わせて話し始めた。

「奥さま。静奈さんを亡くされた悲しみ、現実として受け止めたくないつらさ、私にも息子がおりますからよくわかります。でも、静奈さんはお墓でひとり悲しんでいらっしゃいますよ」

川辺さんがそう伝えると、母親はハッとした表情を見せる。

「静奈はここに……」

しかし、どうしても静奈さんの死を認めたくないのか、すがるような視線を鞠花に送った。

「お母さま、ごめんなさい。私は鞠花です」

悲しげな表情をした鞠花が落ち着いた声で告げると、母親は視線を泳がせた。動揺しているのが伝わってくる。

「奥さま。天国に旅立たれた静奈さんが泣いていらっしゃいますよ。奥さまが一度もお墓に足を運ばれないので、静奈さんの話し相手になっていたのはお嬢さまです」

そうだったのか。鞠花は静奈と呼ばれるのが苦しい一方で、亡くなったことを認められず放置された静奈さんの悲しみもよく理解していたのだ。

「母の治療費を出していただき、身寄りがなくなった私を大切に育ててくださったことには本当に感謝しています。でも、もう静奈さんではいられません。私は私の人生を歩きたい。どうか、許してください」

母親の前まで歩み寄った鞠花が、悲痛な面持ちで深々と頭を下げる。

おそらく彼女は、自分から鞠花という人格を奪った両親を恨んではいない。そうしなければ娘の死を乗り越えられなかった心情も理解しているはずだ。けれど、極限まで耐えに耐え、もう息が吸えないのだろう。

涙をこぼし始めた母親が不意に立ち上がり、鞠花を抱きしめる。

「あなたは私から離れていってしまうの？」

「いいえ。お母さまが許してくださるなら、いつでもこの家に帰ってきます。私はお母さまの二人目の娘ですから」

「鞠花……」

母親の口から鞠花の名がこぼれた瞬間、鞠花もまた涙を流し始めた。ようやく彼女は本来の存在を認められたのだ。

「鞠花、ごめんなさい。私たちが静奈と呼ぶたび、あなたが苦しそうな顔をしていたのを、本当はわかっていたの。でも、どうしてあのとき、あの子の手を放してしまったのかという後悔でおかしくなりそうで、静奈はここにいるんだと思いたかった」

目の前で愛娘を亡くしたことで自責の念に駆られ、鞠花を静奈だと思い込むことで、なんとか生きてきたのかもしれない。同情するところはあるけれど、そのために鞠花が犠牲になるのはやはり違う。

「謝らないでください。お母さまの気持ち、わかっているつもりです。でも、静奈さんが寂しがっています。どうかお墓参りに行ってください」

「……そうね。そうよね」

ふたりの抱擁は、まるで離れていた心の距離を縮めるように、それからしばらく続いた。その間、川辺さんは目頭を押さえて洟《はな》をすすっていた。

ようやく気持ちが落ち着いてきたのか、母親は鞠花から離れて、今度は俺に視線を向ける。

「岸本さん、でしたよね」

「はい」

「さっきはごめんなさい。鞠花を幸せにしてくれますか？」

その質問への答えはひとつだ。

「はい。必ず幸せにします。この先、彼女が笑顔でいられるよう全力で守ります」

「ありがとう。私は鞠花を傷つけてばかりでした。克己さんが裏表のある人だと気づいていたのに」

まさかの告白に言葉も出ない。

「でも、婿養子としてこの家に来てくれるなら、鞠花を手放さなくて済む。もう二度と娘を失いたくなかったから、見ない振りをしていたんです」

そうだったのか。

「鞠花さんはこの家を出ても、夏目家の娘に変わりありません。この先も娘として愛してください。ただ、鞠花さんは必死に走り続けてきたので疲れてしまっています。静奈さんの代役という荷物を下ろさせてあげてくれないでしょうか」

俺が婿養子に入れば丸く収まるという考えもよぎったけれど、鞠花はもうこの家を出たほうがいい。もちろん、縁を切るのではなく、距離を置くという意味で。

母親は自分の過ちに気づいたとはいえ、鞠花への依存が完全になくなるにはきっとまだ時間がかかる。近くにいれば、鞠花はなんとかして応えたいと努力するだろう。もうその役割から鞠花を解放したい。

「……わかっているの。でも、鞠花がいなくなるのが寂しくて……。どうしたらいいのかしら」

頭を抱える母親を励ますように、川辺さんが背中に手を置いた。

「奥さま、そうしましょう。私がついておりますし、お嬢さまが笑顔でいてくださるのがなにより一番ではありませんか？　それに、お嬢さまはずっと奥さまの娘です。寂しくなったら会って一緒にお茶をすればいいのです。そうですすよね、お嬢さま」

「はい。しばらくこの家から遠ざかっておりましたが、もっと会いに来ます。今度、おいしいケーキを持ってきますね」

「鞠花……」

母親は自分を納得させるように、何度もうなずいている。

「お父さまは、うんと言うかしら。私には会社のことはわからないの」

母親が心配げにつぶやくので口を開く。

「私が何度でも通って説得してみせます」

鞠花は俺を心配そうに見る。フライトスケジュールがいっぱいだと知っているからだ。

けれど彼女を妻にできるなら、そして彼女の人生を取り戻せるなら、どんなことだってする。

「奥さま。私もお手伝いします」

川辺さんがそう伝えると、母親は自信なさげに、それでもしっかりうなずいた。

それから俺たちは、鞠花の実母と静奈さんの墓参りに向かった。

夏目家から車で二十分ほど離れた小高い丘の上にある墓苑の墓はきれいに掃除されていて、大切にされているのだと伝わってきた。

『お母さん、静奈さん。鞠花さんは私が幸せにします。どうか安らかに』

大きな牡丹の花が生けられた墓の前にしゃがんで手を合わせ、心の中でそう伝える。

おそらく夏目の母も、近いうちに静奈さんの墓前に足を運ぶはずだ。鞠花が言う通り、静奈さんはそれを待ち望んでいるのではないだろうか。

隣で同じように手を合わせる鞠花は、とても穏やかな表情で静奈さんと話している。

対話を終えると、俺を見て微笑んだ。

駐車場への道すがら、口を開く。

「そういえば、浅沼さんというのは？」

おそらくあの花々を供えたのは浅沼さんなのだろう。

「庭師さん兼、夏目家の雑用を引き受けてくださっていた男性です。もう六十歳を超えていますが、一緒に庭でたくさんの花を育てたんですよ。いつも私をここに連れてきてくれたのも浅沼さんなんです。お母さんも静奈さんも寂しいから、会いに来てあげてって」

「優しい人だね」

そう言うと、彼女はうなずく。

「でも、私をここに連れてきたのにはもうひとつ理由があったような気がします」

「理由？」

「はい。浅沼さん、ここに来るたびに『静奈さんはここで眠っているんだよ』と言っていたんです。父や母の手前、はっきりと口にできなかったのでしょうけど、私は静奈ではなく鞠花だと伝えたかったのかなって」

「そっか」

川辺さんや浅沼さんがいてよかった。だから鞠花は、苦しい人生を歩んできたのに、他人を気遣える優しい心を持ち合わせているのだ。

彼女の手を握ると、そっと握り返してくれる。

「お父さんのことは心配するな。そもそも今日だけでなんとかなるとは思ってなかったし、必ずわかっていただく」

「でも……」

「俺、正直言ってお母さんのほうが手ごわいと思ってたんだ。娘を目の前で亡くしたショックというのは俺たちには計り知れない」

「そうですね」

鞠花は顔をゆがめた。自分と同じように最愛の人を亡くした悲しみをわかりすぎてしまったがゆえ、今まで抗えずにいたような気がする。

「お父さんは会社を背負っている。社長として会社を導かなくてはならないから、簡単に太田家と縁を切れないのかもしれない。でもやっぱり、融資に鞠花は関係ない」

「はい」

俺はうなずく鞠花の手を取り、甲に口づけをする。

「もう離すつもりはないから。鞠花は俺の妻になるしかないんだよ」

そう伝えると、たちまち彼女の頬が赤く染まった。

こういう初心《うぶ》な反応が男心をくすぐるとわかっていないんだろうな。

そのまま手をつないで駐車場まで歩き続ける。車にたどり着くと、ちょうど飛行機が上空を飛んでいった。

「俺、フライトで家を空けることも多いけど、フランスにいてもアメリカにいても、鞠花のこと考えてるから」

「えっ？」

「それくらい好きだってこと」

向き合って伝えると、照れくさそうにはにかむ彼女は、上目遣いでチラッと俺を見る。

かわいすぎるだろ。

「あぁ、もう！　抱きつぶしたい」

思わず本音を漏らしてしまい、後悔する。さすがに引いた？

「じょ、冗談だ――」

慌てて訂正しようとしたのに、なんと鞠花がこくんとうなずいた。

嘘だろ？　いや、今たしかにうなずいたよな。

「すぐ帰るぞ」

俺はうつむいて目をキョロキョロさせている鞠花を助手席に乗せると、すぐさまエンジンをかけた。

その日、今日のお礼がしたいと言う鞠花は、手料理を振る舞ってくれた。器用な彼女らしく手際よく次々とたくさんの料理を仕上げて、俺を楽しませてくれる。

お腹がいっぱいになるまで堪能したあと、先に風呂を済ませてベッドで本を読んでいると、三十分ほどしてパジャマ姿の彼女もやってきた。

「おいで」

同棲《どうせい》を始めてから同じベッドで寝ているのに、そう声をかけるだけで彼女は頬を赤らめる。

近づいてきたものの恥ずかしそうにしている鞠花の腕を引き、隣に座らせてそっと肩を抱き寄せると、少し体を硬くした。

フワンと漂ってくるシャンプーの香りが俺と同じで、妙にくすぐったい。

「今日は、本当にありがとうございました。嫌な思いをさせてごめんなさい」

きっとコーヒーをかけられたことを指しているのだろうけど、彼女の心の傷と比べたらあれくらいなんてことはない。

「気にしないで。鞠花が自分を取り戻せればそれでいいんだ」

「母にわかってもらえたのも、広夢さんのおかげです」

俺の顔を見てそう口にする彼女の頬がほんのり上気していて、すぐにでも唇を奪いたい衝動に駆られる。

「お母さん、鞠花まで失うかもしれないと怖かったんだろうな。でも、鞠花が今まで全力でお母さんと向き合ってきたから、きっとわかってもらえたんだよ」

「そうだといいんですけど」

「うん。ここまでよく頑張ってきたね。これからは俺が幸せにする」

そう言うと、うれしそうにうなずいた。

「鞠花、好きだ」

このあふれてくる気持ちを、何度でも伝えたい。俺の目には、もう彼女しか映らない。

「抱きたい」

婚約者までいて束縛されて育てられたのだから、おそらく男との交際経験もないだろう。断られたらおとなしく寝ようと思っていたのに、鞠花は顔を真っ赤に染めながらもうなずいた。

押し倒したものの、黙り込んで体を硬くしている彼女の緊張がありありと伝わってくる。

「怖かったら言って。いや、言えなかったら突き飛ばせ」

「怖くなんてありません。だって、広夢さんなんだもの」

無垢《むく》な彼女は、無意識に俺を煽る。

「そんなことを言われたら、男がどうなるか知ってる？」

「えっ？」

かわいい言葉を紡ぎ出す唇を指でなぞると、たちまち耳まで真っ赤に染まった。

この初心な反応もぐっとくる。

「めちゃくちゃにしてしまいたくなる」

もちろん、優しくするつもりだ。だからこれ以上煽らないでくれ。

「……めちゃくちゃに、して」

俺をまっすぐに見つめる彼女は、切羽詰まったような切なさを含んだ声を絞り出した。

「鞠花？」

本気、か？

「広夢さんのこと以外、なにも考えたくないの。お願い……」

お前はどれだけ俺を翻弄《ほんろう》したら気が済むんだ。

「もちろんだ。鞠花は俺だけ見ていればいい。もう一生、俺だけ」

「広夢さん……」

「ほかの誰にも指一本触れさせない」

そう伝えると、彼女は大きくうなずいた。

それから俺はできる限り優しく鞠花を抱いた。

「ん……」

閉じた唇を舌でこじ開けて口内へと進むと、鼻から抜けるような甘いため息が聞こえてきて、それだけでしびれる。

「鼻で息をして」

体に力が入っている彼女の緊張をどうにかして和らげたくて、指を絡めて手をしっかりと握った。

逃げる舌を追いかけて自分のそれを絡ませる。目を閉じたままの鞠花が必死に応えようとしてくれているのがわかって気持ちが高ぶっていく。

唇を解放すると、彼女は大きく息をしている。キスをしながら鼻で息をするのは難しかったようだ。そんな少し不器用な鞠花が愛おしい。

「好きだよ」

気持ちをぶつけたあと、額にまぶたに、そして頬に唇を押しつけ、首筋に舌を這《は》わせる。

「あっ……」

小さな声をあげた彼女は、俺の腕を強く握った。

パジャマのボタンを外して胸の谷間を軽く吸い上げる。自分の印を残しておきたいなんて、相当夢中みたいだ。

パイロットになることで頭がいっぱいで、恋愛に関してはわりと淡泊なほうだったのに、こんなに独占欲が強いとは自分でも意外だった。

体をこわばらせる彼女にキスを繰り返しながら、ブラジャーをずらすと、強い力で押しのけられる。

「はっ……ご、ごめんなさい。私、初めてで……」

わかっているから心配なんていらないのに。

「鞠花。初めてを奪える男の心情を教えてやろうか？」

「……えっ？」

目を大きく開き、首を傾げる鞠花がかわいくてたまらない。

「最高に幸せなんだ。だからなにも心配しなくていいし、怖ければ今日はやめる」

『めちゃくちゃに、して』と懇願しておきながら、俺を止めたのを悪いと思っているに違いない。そんな真面目さを持ち合わせている女だから。

でも、初めてなのだから戸惑うのはあたり前だ。

「広夢さんは、こんな私、嫌じゃないですか？」

「バカだな。幸せだと言っただろ。最初は怖いかもしれないし、少し痛いかもしれない。でも、優しくする」

そう伝えると、少し潤んだ瞳で俺をじっと見つめてくる。

「好きなんだ」

もう一度気持ちを吐き出した瞬間、彼女の目尻から涙がこぼれた。

「広夢さん」

涙が止まらなくなった彼女は、今までひとりでどれだけ耐えてきたのだろう。苦しい環境の中でも自分の夢を追いかけ、しかし志《こころざし》半ばであきらめなければならないのがまた苦しくて……。

必死の思いで道を切り開いたらまたもとの道に戻されてしまうような、とてつもない苦労をしてきたはずだ。

でも、そんな連鎖は俺が断ち切る。彼女が心から笑える未来をふたりで作るんだ。

彼女の手を取りその甲に唇を押しつけるだけで、言い知れない喜びが湧き起こる。その白い肌に少し触れるだけで、愛おしさがますます募る。

恥ずかしそうにはにかみ、頬を上気させる鞠花は、俺の腕を強くつかんだ。たまらなくなって抱きしめると、彼女も俺の背に手を回して強く引き寄せた。

体をつなげる前からこれほどの満足感に包まれたのは記憶にない。彼女の初めてを奪ったら、おかしくなってしまうのではないかと怖いくらいだ。

みずみずしい肌に手を滑らせると、鞠花の可憐な唇が少し開いて、なまめかしいため息が漏れる。その声がもっと聞きたくて、夢中になって全身に舌を這わせた。

「は……んぁっ」

枕を強くつかみ、声をこらえる彼女をもっと啼《な》かせたくて、張りのある太ももの内側を舌でツーッとなぞる。

「あぁっ、嫌っ」

「そう。今みたいに声を聞かせて。鞠花のすべてが愛おしいんだ」

恥ずかしいのだろう。枕で顔を隠す彼女だけれど、全身が桜色に染まっていて、俺を煽ってくる。

「鞠花、顔見せて」

「……嫌。私、変なの。広夢さんがもっと欲しいの」

予想もしなかった言葉が鞠花の唇から漏れて、驚いたのと同時に俺のなにかにスイッチが入った。

「いくらでもやる。俺はもう鞠花だけのものだ」

そう言ったあと、彼女から枕を奪い額にキスを落とす。

「鞠花は少しも変じゃない。俺がそうさせてるだけ」

「……広夢さんのせいだから」

「そうだよ、全部俺のせい」

子供みたいに口を尖らせるくせして、潤んだ瞳が欲情を誘う。

なんて色っぽいんだ。顔まで真っ黒に汚して、大きなタイヤと格闘している彼女から、こんな姿は想像できない。

「だから、好きなだけ啼け」

「あ、あぁぁ……っ」

何度も愛撫《あいぶ》を繰り返し、徐々に緊張がほどけてきた鞠花の中に体を沈めていく。

痛いのか顔をしかめていたけれど、体を離そうとすると「嫌」と拒否した。

「大丈夫」

「でも……」

「広夢さんに、抱かれたいの」

涙目で訴えてくる鞠花が愛おしくて、まぶたにそっとキスを落とす。そして彼女を抱きしめながら、ゆっくり腰を進めた。

「はっ」

とうとうひとつになれたとき、悩ましげなため息をついた彼女が俺をじっと見つめてくるので胸がいっぱいになる。

「好きだよ」

「私も……好き」

彼女の心も体もすべてが欲しい俺は、初めてを奪えたことにこの上ない喜びを感じた。

激しく動かなくてもすぐに達してしまいそうなほど気持ちがいいのは、鞠花を自分のものにできてうれしくてたまらないからだ。

心から愛する女を抱けるのが、これほど幸せだとは。

髪を乱して呼吸を荒らげる鞠花に欲を放った俺は、彼女を腕の中に閉じ込めた。

なにがあろうとも絶対に離さない。

「鞠花」

小声で名前を呼んだが、彼女はもう夢の中だった。初めてでクタクタなのだろう。

「おやすみ」

俺は寝息を立てる彼女にこっそり唇を重ねてから、まぶたを下ろした。

絡まる糸、ほどける

夏目の母に鞠花と呼ばれたときは、胸が震えた。

この日をどれだけ待ち望んでいたか。

母が笑顔で私を静奈と呼ぶたび、私は鞠花なの！と心の中で叫びながらも、それを受け入れた。私も実母を亡くして心が空っぽになる経験をしたせいか、そうしていなければ平静を保てない母の気持ちがわかったからだ。

いつしか私は、鞠花でいることをあきらめつつあった。

けれど、広夢さんが思い出させてくれたのだ。私はふわふわに広がるスカートをはいてすまし顔でコーヒーをたしなむ静奈ではなく、顔まで真っ黒に汚してエンジンを磨き、それが動く音に耳を澄《す》ますのが大好きな鞠花なのだと。

母が意外にもあっさりと広夢さんとの結婚を承諾してくれたのには、正直驚いた。きっと母も、成長した私を静奈として愛することに違和感があったのだろう。ただ、もう一度娘を失う恐怖から、私を鞠花だと認められなかっただけ。

静奈さんの死を受け入れられなかった母は墓参りすら拒否してきたが、本当は気になっていたはず。なぜなら静奈さんの月命日になると必ず、『あのお花、きれいね』と浅沼さんに語りかけながら、庭の花を愛でていたからだ。これを墓前に供えてほしいというメッセージだと感じていた浅沼さんは、母が触れた花を墓参りに持っていった。

母に広夢さんとの結婚を許された一方、父には拒絶されてしまった。広夢さんの言う通り、会社を率いる社長としての立場もあるため、太田さんとの婚約解消をすんなりと受け入れられないのだろう。どれくらいの規模の新規事業が動いているのか知る由もないけれど、会社の未来を左右するほどのものである可能性もある。

恋愛と結婚は別と言い放ち激昂する父には、広夢さんの言葉は届かないのだろうか。

夏目家を訪れたその夜。私は初めて広夢さんに抱かれた。

息も吸えないほど緊張していたけれど、彼が優しいキスをしてくれるたびに体からこわばりが消えていった。

初めてのくせに、彼が欲しいという感情があふれてくるのは、おかしいのかもしれない。

怖くて痛くて泣きそうだったけれど、ようやくひとつになれたときは、今まで感じたことがないような幸福感に包まれた。

愛というもので私を貫いた彼に心を揺さぶられたのだ。それは母を亡くしてから、ずっと求めていたものだった。

翌朝、朝日が差し込むのに気づいて目を開けると、広夢さんが私を抱きしめたまま眠っている。

長いまつ毛に形の整った薄い唇。大好きな人の体温をこうして感じていられるのが不思議だ。

少し体がけだるいが、こんなに幸せに満ちた朝は初めてだった。

この歳まで経験がない私をあっさり受け入れた彼は、終始気遣い、優しくしてくれたものの、時折なにかのスイッチが入ったように激しかった。

自分の人生を歩けるのは二十五歳までだとあきらめていたのに、静奈ではなく鞠花としての人生を取り戻せるのがうれしくてたまらない。

しばらく幸せの余韻に浸ったあとシャワーを浴びるために布団から出ようとすると、うしろからいきなり抱きかかえられてひどく驚いた。

「鞠花、どこ行くの？」

「シ、シャワーに」

昨晩、体の隅々までさらけ出したというのに、こうして素肌に触れられるのが顔から火を噴きそうなほど面映ゆい。

「体、つらくない？」

優しい声で心配してくれるが、恥ずかしくて振り向けない。

「だ、大丈夫……あっ」

唐突に耳朶を甘噛みされて声が出てしまう。

「耳が真っ赤。かわいすぎる」

そんなふうに言われてもどう反応したらいいのかわからず、瞬きを繰り返していた。

「もう一回、しようか」

「む、無理！」

「あはは。冗談だよ。もっと慣れてからな」

慣れたら何回もするの？

「一緒にシャワー浴びる？」

「無理！」

とんでもない提案に声が大きくなる。

「無理しか言わないんだな」

おかしそうにクスクス笑う彼は、落ちていたパジャマを拾って渡してくれた。

厚い胸板と割れた腹筋がまぶしくて、とても見ていられない。

「だ、だって、無理だから」

「そのうち、もっとおねだりさせてやる」

恥ずかしいことを平気な顔で言う彼の手から逃れて、バスルームに駆け込んだ。

そういえば私……『広夢さんがもっと欲しいの』と口走ったような。

シャワーコックをひねりながら鏡を見ると、全身につけられた彼の印と真っ赤な自分の顔に驚いた。

それからすぐに仕事のために別れなければならなかったものの、先に出かける私を彼は玄関まで見送りに出てくれた。

「俺の愛しい奥さん、もうひとりで泣くなよ」

「はい」

温かい言葉に感動して、声が震えてしまう。

「もう泣きそうだ」

腰を折り私の顔をのぞき込む彼は笑う。

「だって……」

「まあ、いいや。強い振りをしている鞠花より、全部感情を出してくれる鞠花のほうがいい」

不意打ちで唇を重ねた彼は、私を強く抱きしめる。

こんなふうにされると、離れがたくなってしまうのに。

「もう時間だな」

「はい。行ってきます」

「行ってらっしゃい」

名残惜しいのは私だけではないようだ。彼は額にもキスをして、ようやく放してくれた。

玄関を出たものの……。

「あー、ダメだ」

これから仕事なのに、頬が緩んできて気持ちが切り替わらない。

本意ではない結婚から逃れられる安堵もあるけれど、それよりずっとあこがれていた広夢さんに求められるという喜びで浮き立っているのだ。

それにしても……。実母のこともあって、夏目の両親の期待にはすべて応えるべきだと自分を追い込んできたことにすら今まで気づかなかった。天涯孤独になるという恐怖はそれくらい大きくて、広夢さんはそんな私の目を覚ましてくれた。

母の命をつなぎ、そして私を娘として迎え入れてくれた夏目の両親には感謝してもしきれない。ただ、人生をすべて捧げるのは、どれだけ強がっても苦しい。

父から結婚の承諾を得られていない今、これからどうなるかわからない。きっと広夢さんに負担をかけることになる。けれど、もう迷わない。広夢さんだけを信じてついていく。

「よし」

ようやく気持ちを切り替えた私は、近くの駅へと急いだ。

夏目家を訪れた翌週の土曜日は、数日続いた曇天が嘘のように、雲ひとつない薄いブルーの空が広がった。

広夢さんは一昨日、ヒースロー空港に向かって飛び立ち、ロンドンに滞在中。

一方私は、工場見学を手伝うことになっていた。

子供たちが小さな整備士の制服を着て見学ができるこの催しは、いつも大盛況。特に冬休みに入った今は応募が多い。子供だけでなく、飛行機マニアの大人も大勢訪れる。航空機や整備についての説明は広報の担当者が別室で行うが、その後、格納庫に案内して実際の飛行機を目の前で見てもらうのだ。そのときの質疑応答を任せられている。

「うわぁー！　大きい！」

私たちとおそろいの小さな制服を纏ったちびっ子たちが、大きな機体を前に目をキラキラさせている。今日の参加者は四十名ほどで、その半分は子供だ。

小学校高学年くらいの眼鏡姿の男の子が、まずは質問してきた。

「この飛行機はどのくらいの重さですか」

「これはB787という機種で、二百トン近くあります」

「すごーい。鉄なの？」

隣にいるのは弟だろうか。どことなく顔が似ている彼が漏らす。

「鉄ではなくて……例えばあそこに見えるB777という飛行機は、七十パーセントほどがアルミ合金でできています。でもこのB787は、日本の会社が開発した炭素繊維を使った炭素繊維強化プラスチックが機体重量の半分以上に使われています。この素材は軽いのですが、鉄の十倍もの強度があるんですよ」

私が説明を加えている間、子供たちの目はきびきびと動く整備士たちに釘付けになっている。この中の誰かひとりでも、航空整備士の仕事に興味を持って目指してくれたらうれしい。

「ギザギザだ！」

今度は女の子がエンジンのナセル――カバーの終端の形に気づいた。

「よく見つけましたね。これもＢ７８７独特のシェブロン・ノズルと呼ばれているもので、騒音を少なくする効果があります」

大人にも伝わるように少し詳しく話したあと、ふと視線を女の子の後方に向けると、息が止まりそうになった。

お父さま？

ほかの人たちと同じようにヘルメットをかぶり、私を見ているのは間違いなく父だ。

整備士の仕事に就くことをなかなか認めてくれず、太田さんが帰国するまでと渋々受け入れた父が、私の仕事に興味を抱くことは今まで一度もなかった。

それなのに、こうして工場見学に顔を出したのはどうして？　すぐにでも辞めさせるため？

一瞬動揺したものの、子供たちの前でおろおろできない。笑顔で質疑応答を続けた。

今日は、工場見学が終わると業務終了。先輩たちに挨拶をして格納庫を飛び出したが、すでに父の姿はなかった。

「お父さま……」

父が訪れた意図がわからず、たまらなく不安だ。

更衣室に行くと、スマホを取り出して広夢さんに電話をかけた。

「もしもし」

『もしもし、鞠花？　んー、おはよ』

しまった。不安でたまらず電話をしてしまったけれど、時差があるのを忘れていた。

彼が今滞在しているロンドンとの時差は八時間。十五時過ぎだから、まだ朝の七時過ぎだ。

「起こしてごめんなさい」

『構わないよ。鞠花の声が聞けるなら何時でも。それより、なにかあった？』

次第に声がはっきりしてきた彼は、心配したように問いかけてくる。

「お父さまが……」

『もしかして、見学行ってくれた？』

意外な返事に目を瞠る。

「広夢さんが頼んだんですか？」

『うん。鞠花が生き生きと働いている姿を一度でいいから見てくださいって』

まさか広夢さんの配慮だったとは。

『それで、なんか言ってた？』

「いえ。終わったあと捜したんですけど、すぐに帰ってしまったようで」

『そっか。きっと今の仕事が天職だとわかってくれる。まずは見に来てくれただけでも一歩前進だ』

力強く言われると、期待が膨らむ。

「そうですね。広夢さん、ありがとう」

彼と話をしていると、心が前を向く。あれほど不安だったのに、一瞬で吹き飛んだ。

広夢さんがヒースローから帰ってくる日は、ずっとウキウキしていた。

彼は早番の私より早めに仕事が終わりそうだから迎えに行くと言っていたのに、デブリーフィングを終えても姿を現さない。なにかトラブルがあったのかもしれないと思い、着替えたあとオフィスフロアに向かった。すると、廊下で広夢さんらしき人が、女性となにやら話をしている。

あの人は……以前広夢さんを食事に誘っていたキャビンアテンダントだ。

そういえば、彼女とはどんな関係なのだろう。ただの同僚というわけではなさそうだけど……。

そんなことを考えだすと、拍動が速まり始める。

「私、岸本くんがいい」

そのうち女性のほうが広夢さんの腕を握って距離を縮め、そんな言葉を口にするので、顔が引きつるのを感じた。

彼女は広夢さんが好きなのだ、きっと。

でも……彼に触れないで。広夢さんは私の旦那さまになる人なの。

自分でも驚くような強い感情がこみ上げてきて冷静ではいられない。

そのとき、奥の部屋から出てきた背の高いパイロットがふたりのもとに近づいていく。そして彼女を引き離して隠すように前に立ち、広夢さんをにらみつけた。

一体なにが起こっているのだろう。もしかして、広夢さんを恋敵だと勘違いしているの？

広夢さんは私の恋人なの。私と結婚の約束をしておいて、浮気をするような人じゃない。もし彼女が広夢さんを好きだったとしても、絶対に。

自分の思いを口にすることにあれほど罪悪感があったのに、広夢さんがくれた自信は私を強くした。

気がつけば足が動いていた。数歩踏み出したところで小走りになり、広夢さんともうひとりのパイロットの間に滑り込んだ。

「誤解です。広夢さんは浮気なんてしません。だって私たち、愛し合ってるんです」

自分でもなにを言っているのかよくわからないけれど、とにかく広夢さんにかけられた疑惑を解かなければと必死だった。

するとあんぐり口を開ける男性は、私と広夢さんに交互に視線を送る。

「あっ、ごめん。これは……。麻美《あさみ》、お前のせいだぞ！」

「ごめんなさい」

くるっと振り返った男性が、ばつの悪そうな顔で謝る女性を責める。

どういうこと？

「そうそう。俺たち愛し合ってるんで、巻き込まないでください、島津さん」

あたふたしていると、広夢さんに背中越しに抱きしめられて、目が点になる。

人前で、こんな……。しかも愛し合ってる宣言まで……って、私が先にしたような……。

けれど、険悪な雰囲気が和んだので、緊張が少しほどけた。

「ほんとにごめん。岸本を骨抜きにした彼女だよね」

再び私のほうに向き直った島津さんがそんなふうに言う。

「ほ、骨抜き？」

「その通りです。骨抜きにされるのかしら」


広夢さんまで乗るので、恥ずかしさのあまり全身が火照っていく。

「お前変わったよな。彼女、奥ゆかしいのに時々大胆になるって本当だった」

「はいっ？」

広夢さん、私のことをそんなふうに話しているのだろうか。

でも、時々大胆になるというのは心当たりがある。今だって、必死だったとはいえ恥ずかしい発言のオンパレードだった。

「まあそれは置いておいて。申し訳ない」

島津さんに深く頭を下げられて、いまだ状況が呑み込めない私はどうしたらいいかわからない。黙っていると、頭を起こした彼はうしろの女性にチラッと視線を送ってから話し始めた。

「俺の彼女の伊佐治麻美。ケンカするといつも同期の岸本に泣きついて、『岸本くんに乗り換えてやる！』って言うのが口癖なんだ。でもそんな気は全然なくて、俺にやきもちを焼かせたいだけ」

「やきもち？」

それじゃあさっきも島津さんが近くにいると知っていて、わざと広夢さんに絡んでいたということ？

「なによ、偉そうに！　岸本くんみたいにマメじゃないから怒ってるんでしょ、私は！」

麻美さんが眉をひそめると「それは悪かったって」と島津さんが謝っている。

「俺、メッセージとか電話とかあんまり得意じゃなくて。だから返信しないでいるうちに、麻美に角が生えるんだよね」

それでケンカになるの？　それは島津さんも悪い。

「お願いです。返事はしてください。パイロットの皆さんが厳しい訓練を積んでいるのは知っていますけど、万が一のことがあったらって毎日心配なんです。返信がなかったら不安になってしまいます」

気がつけば必死に訴えていた。広夢さんがフライトに行くたび、いくら大丈夫だと思っても、【無事に到着】という連絡が入るまでは気が気でないからだ。

「誤解させてごめんなさい。そもそも、良太さんが悪いんだからね！　彼女の言う通りよ。なにかあったんじゃないかとヒヤヒヤするの。だから私は怒ってるの！」

私に頭を下げた麻美さんは、隣にやってきて島津さんに怒りをぶつける。

「だからといって、岸本を巻き込むなとあれほど言ってるじゃないか」

「だって、ちょっとは嫉妬してくれるでしょ？　いつも岸本くんに乗り換えるって言うと、二週間くらいはマメに連絡くれるじゃない！」

ということは、二週間おきにこのケンカを繰り返しているということだろうか。

「ほんと悪かった。この通り」

深刻な顔で眉間にしわを寄せる島津さんは、パン！と顔の前で両手を合わせて謝っている。

「あー、はいはい。俺たちもういいですか？　鞠花と熱い夜を過ごす予定なんですけど」

ちょっと、広夢さん？　なに言ってるの？

私の手を引いた広夢さんに腰を抱かれて、心臓が口から飛び出してきそうだ。

「おふたりも同棲したらどうですか？　いいですよ、同棲生活。忙しくてすれ違っても同じ家に帰れるというのは最高です。それでは失礼します。行くぞ、鞠花」

広夢さんに促された私は、半分呑み込めないまま軽く会釈して歩き始めた。

「やきもきさせてごめんな」

「あ……いえ」

今さらだけど、自分が放った言葉を思い出して穴があったら入りたい気分だ。

「あのふたりのキューピッドは俺なんだ。島津さんは三つ年上でB787に乗ってる先輩。島津さんがひと目惚れして、頼まれた俺がくっつけたんだけど、あの通り島津さんはマメじゃなくて」

「そうだったんですね」

「うん。でも誤解するな。島津さん、伊佐治のこと大好きだから。ふたりとも不規則な勤務で俺たち以上にすれ違うから、メッセージとか電話のタイミングを逃すらしい。まあ、もう少しマメにメッセージくらい入れればいいのにと思うけど、時差があるから島津さんなりに気を使ってるみたいだ」

なるほど。そうした気遣いがあってのことだったのか。

「さっき、広夢さんのことにらんでませんでした？」

だから恋敵だと思われていると感じたのだ。

「にらむ？　そっか。それで俺のこと守ってくれたんだ」

広夢さんはおかしそうに肩を震わせる。

「守って？　いえ、そういうわけじゃ……」

ああ、どうしよう。勢いよく飛び出していったのが、すごく恥ずかしい。

「ありがと。島津さん、黙ってるとちょっと強面かもね。でもあれが普通だから。あの顔で伊佐治不足だとか惚気るから」

にらんでいたわけじゃなかったんだ。私のほうが誤解だったなんて。

「だけど、めちゃくちゃうれしかったなぁ」

「なにがですか？」

「なにって、『愛し合ってるんです』とか、たまんないよね。ここが、キュンとしたっていうか」

彼は自分の心臓のあたりに手を置いて言う。

いたたまれなくて両手で耳をふさぐと、クスクス笑われてしまった。

「あれは……忘れてください」

「忘れるわけないだろ？　本当にうれしかったんだ」

彼は指を絡めて私の手を握り、頬を緩める。

「でもほんと、時々想像もつかないくらい大胆になるよな。普段の鞠花を見ているとそんなことはとても言いそうにないから、ギャップに胸を撃ち抜かれるって。もうこれ以上、惚れさせせんな」

足を止めた彼に顔をのぞき込まれて、恥ずかしさのあまりとても視線を合わせられない。うつむくと、顎をすくわれて固まった。

「好きだ」

真剣な告白に、今度は私の胸がキュンとする。

「早く帰ろう。俺、もう限界」

なにが？　なんて野暮な質問はしない。多分……熱い夜になるのだろう。

でも、ちっとも嫌じゃない。激しく、そして一途に求められるのがうれしいというか……。

そんなことを考えていると、顔が熱くなってくる。

「なあ、そんなに煽るなよ」

「煽る？」

そんなつもりはまったくない。

「そう。こんなに真っ赤にして。すぐ食べたい」

艶やかな声でささやく彼は、私の耳朶にそっと触れた。

翌週の早番二日目。業務が終了して帰ろうとすると、臼井さんに呼び止められた。

「夏目さん、お父さまがいらしてたわよ」

「父が⁉」

驚きすぎて声が裏返る。

「夏目さんのシフトを聞かれたんだけど、あやしくて答えないでいたら、これ」

彼女が見せてくれたのは、父の名刺だ。

「夏目さんって、社長令嬢だったのね。びっくり」

彼女は驚いているが、それどころではない。一体なにをしに来たのかと、緊張で手に汗握る。

「実はそうなんです。……それで父は？」

「第一ターミナル地下のカフェで待ってると伝えてほしいって」

「ありがとうございます！」

私は臼井さんにお礼を言ってすぐさま走りだした。

指定されたカフェで、コーヒーを喉に送る父の姿を発見して、緊張が走る。スーツ姿なのは、仕事帰りだからだろうか。

大丈夫。私はこの仕事が好きでこれからも続けたいと訴えればいいの。私の人生は私のものだから。

高ぶる気持ちを落ち着けるために、自分にそう言い聞かせて近づいていく。

私に気づいた父は、意外にも柔らかな表情だった。

「お父さま、今日はどうされたんですか？」

「座りなさい」

促されて対面の席に座る。こうしてふたりで向き合ったのは久しぶりだ。

互いに口火を切れず、気まずくなってきたそのとき、父が先に話し始めた。

「実は先日、お前の仕事を見に来ていたんだ」

「はい。知っています」

広夢さんは『今の仕事が天職だとわかってくれる』と話していたけれど、どう転ぶのかわからなくて緊張のあまり吐きそうだ。

「岸本くんに招待されてね。仕事をしているときの鞠花の生き生きとした表情を見てほしいと頭を下げに来たんだ。あれを見たら、辞めろなんてとても言えないはずだと」

てっきり電話だと思っていたのに、広夢さんは家まで行ってくれたようでひどく驚いた。そのほうが誠意が伝わると考えたに違いない。彼はそういう人だから。

それで、父はどう思ったのだろう。

息もまともに吸えないまま見ていると、父はふと口元を緩める。

「……その通りだった。家では見たことがない鞠花の笑顔が見られたよ」

今……鞠花と呼んだ？

夏目家の娘になってから、父が私を鞠花と呼んだのは初めてだ。

それだけで飛び上がるほどうれしいのに、さらに仕事を認めるような発言に目頭が熱くなる。

「なにもかも岸本くんの言う通りだった。鞠花とビジネスは関係ない。先代から預かった会社を大きくできるチャンスだと、目の前の融資に飛びついてしまった私が浅はかだった。新規事業は中止する」

「いいんですか？」

思わぬ告白に驚きつつ、私のためにそんな重大な判断をしてくれたことに胸が熱くなる。

「静奈が亡くなったのは自分のせいだと泣き暮らす母さんを見ていられなくて、鞠花が静奈の代わりをしてくれるならと甘えてしまった。それに、治療費を出したんだから見返りがあって当然だというような傲慢な思いがあった。今思えば、本当にひどいことをした」

いつも威風堂々としている父が、こんなに小さく見えたのは初めてだ。

「母さんが、泣くんだ。私はまた娘を殺すところだったって」

「お母さまが？」

「それでようやく目が覚めた。工場見学の日、鞠花は本当はこんな優しい顔で笑う子なんだと気づいた」

まさか、お母さまがそんなふうに説得してくれたなんて。静奈さんの代わりは苦しかったし少しゆがんだ愛だったかもしれないけれど、お母さまはきちんと私を愛してくれていたのだ。

「克己くんのことは申し訳ない。今までの女性関係は清算するように伝えてあったんだが、まさか子供まで作っていたとは……」

父が深々と頭を下げてくるので慌てた。

「お父さまのせいではありません」

「いや、二代目は会社を潰すと陰口を叩かれて躍起になっていた。だからといって、会社のためなら自分の娘まで利用するなんて恥ずかしい限りだ。いい人を見つけたね。幸せになりなさい」

父は穏やかな顔で語る。

「結婚を許していただけるんですか？」

「ああ。岸本くんは鞠花を笑顔にしてくれる男だ。今まで悪かった。浅沼にも戻ってきてもらったし、母さんも寂しがる。鞠花がよければ、また遊びに来てほしい」

「もちろんです。お父さま、ありがとうございます」

硬く凍った氷が、解けていく――。

全部、広夢さんのおかげだ。

止まらない独占欲　Ｓｉｄｅ広夢

鞠花から、夏目のお父さんに結婚を許されたと聞いて目頭が熱くなった。

これで彼女と結婚できるという気持ちはもちろんあったが、それより鞠花と呼んでもらえたと、はらはら涙をこぼす彼女に安心したのだ。

ようやく鞠花は自分の人生を取り戻したのだと思ったら胸がいっぱいになり、彼女を抱きしめたまましばらくなにも言えなかった。

結婚の報告のために、日曜の昼に鞠花を伴い俺の実家を訪ねた。

両親は俺たちの結婚に大賛成。パイロットは激務のため、結婚はまだ先だと思っていたようだ。

鞠花の奥ゆかしさに母がメロメロになり、『私が結婚したいわ』というほどの気に入られぶり。

頑張り屋で思いやりがあって、普段は控えめなのに時々驚くほど大胆で。非の打ちどころがない鞠花が好かれるのは当然なのだが。

フライトがある俺は、一旦マンションに戻って出勤の支度を整えたあと、ふたりで駅の近くにある役所に婚姻届を提出しに行き、晴れて夫婦となった。

提出したときの鞠花の笑顔は、きっと忘れない。改めて彼女を幸せにしなければと気が引き締まった。

しかし、結婚初夜に千歳ステイという残念なスケジュールにため息が出る。

「あー、なんで今日、フライトなんだ」

「お客さまが待ってますよ」

鞠花に笑顔で言われると、途端にやる気がみなぎってくる。

「そうだな。家まで送ってやれなくてごめんな」

フライトの時間が迫っていて、役所の前で別れなければならない。

「広夢さん、過保護です」

鞠花はおかしそうに肩を震わせているけれど……。

「こんなにかわいいんだから、心配にもなるだろ」

「えっ？」

きょとんとする彼女が無自覚なのがまた心配だ。

「名残惜しいけど、行ってくる」

額にキスをして離れると、鞠花は目を真ん丸にしている。

「き、気をつけて」

たちまち耳まで真っ赤に染めた鞠花をすぐにでも押し倒したい衝動に駆られながら、そんなことはおくびにも出さず手を振って離れた。

ああ、どんだけかわいいんだ。

自然とニタついてしまう口元を手で押さえる。

俺、こんなキャラだっただろうか。月島や井上に見られたら、絶対にからかわれそうだ。

「アイツらは知らないから」

運命の女に出会ったときの感動を味わったことがないから、こんな気持ちわからないだろうな。

そんな言い訳を口にしながら、駅へと急いだ。

千歳ステイの翌日は、一旦羽田に戻り、すぐさま伊丹へと飛んだ。早番のはずの鞠花だが、残念ながら伊丹便の担当ではなく顔を見ていない。

伊丹から折り返して再び羽田へ。伊豆《いず》半島上空で天候が崩れてきて、雨が降りだした。

すかさず羽田の状況を確認するもまだ雨は降っておらず、ＶＭＣ――地上視程五千メートル以上、雲高一千フィート以上が確保できている有視界気象状態だった。着陸に支障はなさそうだ。

とはいえ、天候は刻一刻と変化する。気を引き締めて操縦を続けた。

羽田空港が近づいてきたため、着陸許可を得る交信を始める。

「Tokyo tower, FJA260, depart MICKY」

〝MICKY〟とは千葉県上空の飛行機の通路にあるウェイポイントのことで、そのポイントを通過したと伝えた。

ウェイポイントは面白い名称がいろいろあり、例えば中部《ちゅうぶ》国際空港付近では〝PRADA〟や〝FENDI〟があるし、福岡《ふくおか》空港近くには〝KIRIN〟や〝LAGER〟なんていうポイントもある。

『FJA260, Tokyo tower, continue to approach, your number 4』

進入を続けるようにとの指示が出た。どうやら四番目の着陸になる。羽田上空はいつも混雑しており、地上職の人たちの的確な誘導には頭が下がる。

もうすぐ鞠花に会える。

そう思うと、連続したフライトの疲れも吹き飛んでしまうから不思議だ。

羽田上空にも雨が降り始めてきたものの、無事に滑走路に降りることができた。

今日のフライトはこれで終わり。明日は休みなのでゆっくりできる。

十七時少し前にデブリーフィングを終え、すぐさま鞠花のもとへと向かった。彼女は早番なので、あと三十分もすれば帰れるはずだからだ。

「あれ、岸本じゃん」

俺に気づいたのは、残念ながら井上だ。

「お疲れ。お前も早番？」

「お前もって、さては夏目か？」

結婚まで怒涛《どとう》の展開だったので、実はまだ誰にも結婚を報告していない。

「そうだ」

「珍しいな、素直に認めるとは。告白でもするのか？」

「いや。もう結婚した」

サラッと伝えると、スパナを片づけていた井上の手が止まる。

「お前、今なんて言った？」

「だから、結婚した」

そういえば、指輪も買ってないな。でも、これから一生一緒にいるのだから、デートもして、指輪も買って、旅行にも行って……。鞠花とふたりなら無限に楽しみが広がる。

呆《ほう》けた顔で俺をまじまじと見る井上は放置して鞠花を目で捜したけれど、見当たらない。

「鞠花は？」

「鞠花って……。お前、本気？」

まだ信じていないようだが、無理もない。

「おお」

「いつから付き合ってたんだよ」

「ついこの前」

「で、結婚？」

「あっ、いた」

うわの空で井上と会話しながら、ようやく鞠花の姿を見つけて頬が緩む。

「びしょ濡れじゃないか」

降りだしてきた雨に打たれてしまったようだ。すぐさま駆け寄って拭いてやりたいところだけれど、彼女はまだ仕事中だとこらえた。

「俺、全然理解できないんだけど」

「お前は働け」

手を動かそうとしない井上にそう伝える。

「月島と事情聴取するからな」

「好きにしろ」

これ以上井上の邪魔をするわけにはいかないと、場所を移動して鞠花の姿をひたすら目で追う。

レインコートを脱いでタオルで大雑把《おおざっぱ》に顔を拭いた彼女は、指導係の池尻さんとなにやら真剣に言葉を交わし、メモをとり始めた。おそらく整備について教えを受けているのだろう。

二十五歳までのタイムリミットがあったときでさえ、必死に勉強を積んでいた鞠花。整備士を辞めてしまえばその努力が水の泡になるとわかっていても手を抜けなかった真面目な性格は、この先武器になるはずだ。

いい整備士になるだろうな。

本音を言えば、不規則な勤務のせいですれ違ってしまうのを避けるために、家に閉じ込めておきたい。それくらい彼女を独占したいし、いつでも触れていたいのだ。

しかし、それを望むのはバカだと思えるほど今の彼女は輝いている。

それから工具のチェックをしている彼女の姿を目で追い、ひとりで満足していた。

その後、デブリーフィングが行われ、業務が終了した。俺はそのタイミングで鞠花のそばに歩み寄った。

「あっ」

彼女は俺を見つけて目を丸くしている。そのうしろで井上がニヤついているのが気に食わない。

鞠花の手を引き、不思議そうに俺を見ている池尻さんの前に立った。

「岸本、だったっけ？」

「はい。地上訓練中はお世話になりました。無事に訓練を終えて副操縦士になれました」

俺は主にドッグ整備を担当していたので池尻さんとはかかわりが少なかったが、覚えていてくれたようだ。

「それはよかった。おめでとう。それで、今日はどうした？」

池尻さんは俺と鞠花に交互に視線を送り、首をひねっている。

「このたび夏目鞠花さんと結婚しまして、そのご報告を」

俺が切り出すと、鞠花は照れくさいのか顔を真っ赤に染めた。

「結婚？　いつ？」

「日曜に入籍しました。ご挨拶が遅れて申し訳ありません」

「そうだったのか！　おめでとう」

池尻さんは目を細めて満面の笑みを浮かべた。その表情から本当に喜んでくれているのが伝わってくる。鞠花は夏目家で窮屈な思いをしていたけれど、池尻さんたちにはかわいがられているのだと感じた。

「夏目、早く言えよ」

「す、すみません」

笑顔で池尻さんに答える鞠花に、近くにいた女性整備士が飛びついた。

「おめでとう。本当におめでとう。夏目さんは優しい人だもの、絶対に素敵な旦那さまをつかまえると思ってたわ」

「臼井さん……。ありがとうございます」

鞠花に抱きついた臼井さんがうっすらと瞳を潤ませている。彼女はたしか、鞠花が矢野さんの嫌みからかばった人だ。

周囲の人たちから愛されている鞠花を見て、彼女は彼女の力で自分の居場所をしっかり作っていたのだと安心した。

「夏目、おめでとう」

次に井上が鞠花の肩を馴れ馴れしくトンと叩くので、その手を払いのけた。

「お前は触るな」

「同期のくせに冷たいな」

俺たちのやり取りを、鞠花がクスクス笑いながら見ている。

ああ、こんな笑顔が見たかったんだ。いや、この先ずっとこの笑顔を守ってみせる。

祝福の拍手に包まれて、最高に幸せな気分で彼女と一緒に帰宅の途に就いた。

帰りの電車で、ドアの近くにふたり並んで立ち会話を始める。

「来るなら来ると言っておいてください」

「でも、言っておくと一日中緊張してるだろ？」

「……広夢さん、私のことよくわかってる」

彼女が驚いた様子で話すので、耳元に口を近づけた。

「そんなの当然だ。鞠花のことは体の隅々まで知ってるから」

「え！」

小声で伝えたのに大きな声を出す鞠花は、眼球がこぼれ落ちんばかりに目を見開いている。

「しーっ」

「もう。広夢さんが変なことを言うからです」

口を尖らせて抗議してくる姿も愛おしくて、抱きしめたい衝動をこらえるのに必死にならなければならない。

「本当のことだろ？」

「だから！」

ああ、それ以上煽るのはやめてくれ。細い首筋が淡いピンクに染まっていくのを見ていると、唇を押しつけたくなるじゃないか。

いや、俺が焚きつけたのか。

俺、浮かれてるな。鞠花と一緒にいると、こんなに心が弾む。

「冗談だよ。なにか食べて帰ろうか」

「あの……。広夢さんが帰ってきたら食べてほしくて、昨日ローストビーフを作ってタレに漬けておいたんです。味が染みておいしくなってるはずだから……」

俺のために作っておいてくれたなんて、どれだけ幸せ者なんだ。

「急に腹減ってきた」

「すごく幸せ」


「嘘ばっかり」

「ほんとだって。鞠花、ありがとう。俺、すごく幸せ」

自然と感謝の気持ちがあふれる。

「そんな……。私だって。整備士の皆さんに結婚報告をしてくれてうれしかったです。すごく恥ずかしかったけど、幸せでした」

はにかむ彼女の手をしっかり握る。この手を絶対に放さない。

俺は改めて心の中で誓った。

頬を撫でる風がいっそう冷たさを増してきた一月中旬。

相変わらず鞠花は整備の仕事にいそしんでいる。家でも勉強を欠かさない姿は頭が下がるほどで、俺が邪魔をしているのではないかと心配していた。けれど整備士を続けられることが決まってから気持ちが充実していて、勉強がはかどっているとか。

「広夢さんのおかげです」とはにかみながらささやく鞠花を抱きつぶしたのは言うまでもない。

航空整備のマニュアルは常に更新されるため、なにもかも覚えているわけではない。その都度新しいマニュアルを印刷し、その通りに整備するのが基本。それにもかかわらず学ばなければならないことが膨大で、俺たちパイロットもそうだが、人の命を預かる職業の責任の重さに震える。しかし俺も鞠花と同様、全力でぶつかるのみだ。

そんな忙しい合間を縫って、新婚旅行を計画した。

毎日飛行機に触れているのに海外渡航の経験がないという彼女をどこに連れていこうかとあれこれ迷い、ニュージーランドに決定した。

俺も行ったことがないのだが、世界一星空が美しいと言われる〝テカポ湖〟に鞠花が興味を示したからだ。

星空保護区に指定されているテカポ湖は、運がよければオーロラまで見えるという。シドニーまでは、鞠花の仲間が整備してくれたＦＪＡのＢ７８７で。せっかくだからとファーストクラスにしたら、鞠花が「こんな贅沢……」と恐縮しながらも空の旅を楽しんでくれたのでよかった。

しかも離陸してしばらくすると、キャビンアテンダントから「ご結婚おめでとうございます」と声をかけられ、ブドウの出来がいい年にしか造られないため〝幻のシャンパン〟と言われるシャンパンを提供されて、大満足。

驚くことに、初めてアルコールを口にしたという鞠花がそのシャンパンをおかわりして、大きな目を少しトロンとさせているのがまた最高だった。

シドニーで別の飛行機に乗り換えて、クライストチャーチへ。トランジットに時間がかかったため丸一日がかりの移動となったが、飛行機の中でぐっすり眠っていた鞠花はとても元気だ。

俺は……そんな鞠花がかわいくてずっと寝顔を観察していたからか、寝不足気味。でも、もちろん秘密だ。

到着した翌日。俺たちは今回の目的地であるテカポ湖に向かった。

クライストチャーチからレンタカーで三時間と少し。目の前に広がったのは、乳青色の湖だ。氷河が動くときに岩石から削り出される粒子が溶け込んでいるので、この色をしているのだとか。

「うわー、きれい」

握っていた俺の手を放して駆けていく鞠花は、まるで子供のようにはしゃいでいる。

彼女が自分の人生を取り戻せてよかった。

そんなことを考えながら、スマホで何枚も写真を撮る。

水辺にたどり着き、そっとその中に手を入れる彼女は「広夢さん」と大きな声で俺を呼んだ。

そのときの表情も、もちろん写真に収めた。

「気持ちいいですよ」

「きれいだな」

「本当にきれい。想像以上でした」

「鞠花のほうがきれいだけどね」

正直な気持ちを伝えると、鞠花は何度も瞬きを繰り返す。

そろそろこういうやり取りにも慣れてほしい。いつまでたっても初心なのだ。まあ、そういう彼女が愛おしいのだけど。

照れて頬を赤く染める彼女の写真も一枚。

「そんなに撮らないでください」

恥ずかしいのか、彼女は俺のスマホの前に手を出して止める。

「ダメ。夏目のご両親が楽しみにしてるから」

「え？」

「お土産はいらないから、鞠花の写真をいっぱい送ってって」

「嘘……」

先日、俺が休みの日に、鞠花の近況報告のためにお母さんに電話を入れた。そのとき、鞠花の笑顔がたくさん見たいから写真を送ってほしいと言われたのだ。

長い間すれ違っていた親子だけれど、今は少しずつ良好な関係を取り戻せているようで俺もうれしい。

「ほんと」

俺はその場で、【テカポ湖に到着しました】という短い文と、鮮やかなミルキーブルーの湖をバックにはしゃぐ鞠花の写真を送った。

「ご両親、鞠花の望むことは全部してあげてほしいって。自分たちはできなかったから俺に託すって」

そう伝えると、彼女は俺の胸に飛び込んでくる。

「もう十分なのに。こんなに幸せで怖いくらい」

やっぱり彼女は欲がない。

「まだ甘いな。これからなのに」

俺は彼女をそっと離して、額にキスをする。

「だから、鞠花がしたいこと、欲しいもの、全部教えて」

そう伝えると、なにかひらめいたようににこっと笑う。

「私の写真だけじゃ嫌です。広夢さんも一緒に」

細い腕で力強く俺を引っ張る鞠花は、水辺で咲き乱れるルピナスの花のそばへ行き、自分のスマホを出した。

「撮りますよ」

そしてふたりで写真に収まる。

彼女は撮った写真を満足そうに見たあと、なにやら文字を打ち始めた。

「どうした？」

画面をのぞき込むと、写真を添付したメールをしたためているところだった。

【幸せのおすそ分けです】

そんな言葉を送ったのは、お母さんのところだ。

「そっか。おすそ分けか」

「はい。だってまだいっぱい増えそうだから」

「もちろん」

俺が笑顔で答えると、彼女は白い歯を見せた。


その夜。俺たちは長袖の上着を羽織って再び湖畔に戻った。鞠花を座らせて、俺はそのうしろから包み込む。こちらは夏とはいえ、夜は少々冷えるのだ。

けれど肌寒さを気に留める様子もなく、鞠花は楽しそうに頬を緩めて空を見上げる。

「星が落ちてきそう」

「ほんとだ」

鞠花は頭上に広がる満天の星に向かって手を伸ばす。こんな光景、日本ではなかなか見られない。

なぁ、鞠花。お前を愛してから、視界に入るものすべてが輝いて見えるようになったのを知ってるか？

パイロットになるためならどんな犠牲も受け入れると必死だったアメリカの訓練時代。よい成績は残せたけれど、どこか心が空っぽだった。お前と再会した瞬間、心が動きだしたんだよ。

最初は壊れそうな鞠花を守ってやりたいという気持ちから始まった。けれどそれは思い上がりだった。

か弱そうに見えた鞠花が自分の意思を口にしないのは、弱いからではなく優しいからだった。静奈として生きることが苦しい一方で、夏目の両親の悲しみをわかりすぎていたのだ。

籠の中で生きることを承諾していた彼女は、自由に空を飛べるようになった今、なにを思うのだろう。

もっと空高く、自由に飛び回りたい？

そんな姿を見たいのに、遠くには行かせたくないという矛盾した思いが湧き起こり、心が揺れる。

俺の目の届くところにいてくれ。そして疲れたら、必ず俺のところに戻ってきてほしい。

こんな感情が自分の中にあるとは驚きだった。彼女を自由にしたい一心だったのに、今度は自分が縛りたいなんて……。

「広夢さん？」

そんなことを考えていると、無意識に強く彼女を抱きしめていた。

「鞠花。どこにも行かないでくれ」

身勝手だとわかっていても、放したくない。正直な言葉が口から漏れた。

「どうしたんですか？　突然」

彼女は顔をうしろに向けて大きな目で俺を見る。

「こんなきれいな星空を見たら、飛んでいきたくなるだろう？」

俺がもう一度空に視線を移すと、彼女も同じように見上げた。

「鞠花には、まだ知らない世界がたくさんある。そんな世界が見たくなったら――」

「一緒に見ればいいじゃないですか」

「えっ……」

意外な返事に目を丸くする。

「今だって、広夢さんと一緒だから、星がこんなに輝いて見えるんです。さっき、私が欲しいものを聞きましたよね？　そんなのひとつだけ。私は広夢さんが欲しいんです。迷惑ですか？」

首を少し傾げて尋ねてくる彼女が愛おしい。

「まさか。そっか。そうだな。ずっと一緒に見ればいいよな」

自分の独占欲のせいでようやく籠から出られた鞠花を縛ってしまうのではないかと不安だったが、彼女の言葉で落ち着きを取り戻した。

それから俺は、上着のポケットから指輪を取り出した。そして彼女の左手の薬指にそれをはめる。

「広夢さん、これ……」

「結婚を急ぎすぎたから、まだだっただろ？　改めて。鞠花、俺にお前を一生愛させてくれ」

もう一度プロポーズしながらリングが収まった左手に口づけをすると、彼女は瞳を潤ませる。

「……はい。私にも広夢さんを一生愛させてください」

「ありがとう」

そう返事をすると、どちらからともなく唇が重なった。

広夢さんが池尻さんに結婚の報告をしてくれてから話が一気に広まり、仕事に行くたびに「結婚おめでとう」と声をかけてもらえて、うれしいやら恥ずかしいやら。

もう仕事を辞めなければと覚悟していたのに、この場にいられるだけでなく、仲間や先輩たちからかわいがってもらえていることを実感して、温かい気持ちに包まれている。

「夏目。あっ、岸本か」

「夏目で大丈夫ですよ」

早番のその日、出勤すると池尻さんに呼ばれた。慌てて訂正されたけれど、仕事は夏目のままでやっていこうと思っている。あんなに夏目家の娘として生きることが窮屈だったのに、広夢さんのおかげでその重圧から解放されて、やはり夏目家の娘でいたいと思うようになっているのだ。

「それじゃあ、夏目。次の便、バードストライクでノーズをやられているみたいだから、しっかり確認して」

「わかりました」

広夢さんもエンジン損傷を経験したバードストライク。毎日のように起きているが、損傷が確認できるのは約二パーセントだけ。ノーズと呼ばれる機首に至ってはさらに少なく、一パーセントほどとなる。だから確認して問題がなければ、そのまま那覇行きの最終便として飛ばせるはずだ。

「夏目、いい顔するようになったな」

「いい顔ですか？」

池尻さんが思いがけないことを言うので、首をひねる。

「そう。スパナをなくした頃、毎日真っ青な顔してた。根を詰めて勉強しすぎかと思ってたけど、岸本とケンカでもしてた？」

「ち、違います。実は整備の仕事を両親に反対されていて、辞めなくてはいけないと追いつめられていたので……。でも工具をなくすなんて、してはならないミスでした。申し訳ありません」

正直に打ち明けると、池尻さんはひどく驚いている。

「そうだったのか。それで、続けられるのか？」

「はい。岸本さんが私に自由をくれました。だから池尻さんを目指します」

夏目家のあれこれを説明できなくて、広夢さんに自由をもらったという言い方をした。池尻さんは白い歯を見せて喜んでくれている。

「そりゃあ惚れるな。でもな、夏目。俺は簡単に抜かせてやらないから」

「いえいえ。まずは電装系から」

「弱点を攻めるとは卑怯な」

おどけた調子の池尻さんが、「一緒に頑張るぞ」と声をかけてくれたので、飛び上がるほどうれしかった。

やっぱり私はここにいたい。

そんな広夢さんとの毎日は、笑顔が絶えず楽しくてたまらない。

互いに不規則な勤務形態のためすれ違いも多く、寂しいと思うこともあるけれど、その分一緒にいられるときの密度がとんでもなく濃い。

ソファでお茶を飲もうとすると、彼は私を膝の上に座らせたがるし、それじゃあ飲めないと訴えると、口移しで飲まされたり……。

広夢さんしか知らない私は、これが普通なのかどうかわからない。でも、誰かに聞くのも恥ずかしくて受け入れている。……なんて、幸せなのだけど。

仕事がお休みの今日、広夢さんは那覇に飛ぶ予定。明日の昼過ぎまで帰ってこられないので、私は母の顔を見に夏目の実家に行くことにした。

夏目家には、結婚を許されてから広夢さんと一緒に一度訪問している。父は仕事で不在だったが、母と一緒に静奈さんの墓参りをして、穏やかな時間を過ごした。

川辺さん曰《いわ》く、静奈さんの死をようやく受け入れられた母は顔つきが穏やかになり、毎日趣味の絵画に取り組んでいるそうだ。浅沼さんが剪定してくれる庭の絵を描いたときは、ふたりの女の子が描かれていたらしい。おそらく、静奈さんと私だ。

母の好きな『エール・ダンジュ』のケーキを手土産に実家を訪ねると、母が玄関で出迎えてくれた。平日の今日は、やはり父は仕事だ。

「待っていたわよ、鞠花」

母の口から鞠花という名がするっと出てくるのがうれしい。

「お母さま、ただいま」

「おかえり。さあ上がって」

川辺さんにケーキを渡したあと、会話をしながらリビングに向かう。

「広夢さんはフライトかしら？」

「はい。今日は沖縄です。もうそろそろ飛ぶ頃かも」

「そう」

リビングに足を踏み入れた母は、窓を開けて空を見上げる。

「どれかしら？」

「うーん。たくさん飛んでいるのでそこまでは」

フライトレーダーも見ずにどれが広夢さんの操縦する飛行機かを言い当てるのはさすがに難しい。

「奥さま。お嬢さまがマロンタルトを持ってきてくださいましたよ」

川辺さんが入ってきて、ケーキとコーヒーをテーブルに置く。

母はマロンタルトが大好物なのだ。

「それはうれしいわ。ありがとう、鞠花」

「はい。……あっ、浅沼さん」

窓を閉めようとしたとき、庭先にいた浅沼さんを見つけて声をかける。すると彼はうれしそうに近づいてきた。

「お嬢さま、おかえりなさい」

「ただいま。いつもありがとうございます」

この家で静奈として過ごしていた間、苦しいことばかりだった。けれど浅沼さんや川辺さんがそんな私の心情を理解してくれていたので、なんとかやってこられた。

「私たちにもケーキを買ってきてくださったんですよ。休憩にしましょう」

川辺さんが言うと、浅沼さんはうれしそうに白い歯を見せる。ふたりとも甘党で、ケーキが大好きなのだ。

「それはありがとうございます。いただきます」

浅沼さんは裏口のほうへと向かった。

「お嬢さま、私もいただきますね。さあ、お座りください」

川辺さんは、にこやかに声を弾ませる。しかし、急に真顔になった。

「奥さま。あのお話をされたほうが……」

「そうね」

私の対面に腰を下ろした母に川辺さんがなにやら耳打ちをしているが、なんのことだろう。

「それでは、ごゆっくり」

川辺さんは丁寧に会釈して部屋を出ていった。

残された母は、コーヒーに手を伸ばす前に口を開く。

「実は近藤《こんどう》香苗さんという方が、あなたに会わせてほしいと訪ねてこられたの」

「香苗さんが？」

太田さんの浮気相手だ。

「実はあれからお父さまが太田家に行って」

「えっ！」

驚きすぎて大きな声が出てしまった。

「克己さんの仕打ちをご両親に伝えたのよ。それで、あちらのお父さまが激怒なさって、香苗さんの耳にも入ることになったの」

「そうでしたか」

香苗さんはなにも知らないほうが幸せになれるのかもしれないとも思った。ただ、あとから太田さんの嘘の数々を知ったときのダメージを思えば、これでよかったのかもしれない。

「どうしてもあなたに謝りたいとおっしゃって。大きなお腹で必死だったわ」

「そうでしたか。でも香苗さんは私の存在をご存じなかったようなので、謝っていただくいわれが……」

私としては複雑だが、彼女も被害者なのだ。

謝罪して区切りをつけ、太田さんと一緒になるということだろうか。お腹の赤ちゃんが幸せになれるなら、それで構わない。

「そうかもしれないけど、彼女の気持ちが収まらなかったみたい。鞠花はもう結婚して幸せに暮らしているのでそっとしておいてほしいとお父さまが伝えたら、なんとか納得して帰られたわ」

「彼女は、太田さんと？」

問うと、母は難しい顔をして首を横に振る。

「ううん。香苗さんは強いストレスのせいで食べられなくなって、入院したらしいの。今は元気を取り戻して、赤ちゃんもちゃんと育っているようよ。それで彼女の親御さんもひどく立腹されて、克己さんとは一緒にならず、太田家が養育費を支払うことで決着したとか。生まれてくる赤ちゃんはかわいそうだけど」

母は眉をひそめてため息をつく。

「そうですね。なんの罪もないのに」

でも、これでよかったのかもしれない。長い間だまされていた彼女の心には深い傷ができたはずだ。その傷を作った相手と生きていくのは容易ではないだろう。

「それで、太田家のご両親も謝罪に来られて。克己さんは、玄関で土下座されたわ」

「太田さんが？」

あのプライドの高い彼が、土下座？　私との縁談がなくなって、エレエヌ電機が手に入らなくなったと悔しがっていると思ったのに。

「当然うちの会社には入れないし、今の会社で鞠花との婚約を自慢げに吹聴した上、こんな会社もうすぐ辞めてやると啖呵を切っていたみたい。それなのに婚約解消になって、居場所がなくなったんでしょうね。退職するそうよ。ようやく自分の犯した罪に気づいたんじゃないかしら。今さら遅いのだけど」

太田さんは結局、すべて失うのか。

「融資の件は……」

私はずっと気になっていたことを尋ねた。

「それは安心して。融資は続けてくださるそうよ」

「よかった」

それなら父も新規事業を断念しなくて済むだろう。ひとつ肩の荷が下りた。

「それで、太田家のご両親が鞠花に直接謝りたいとおっしゃっていたのだけれど、お会いする？」

「いえ。私は広夢さんと新しい人生を歩いていますから。それに、今、幸せなのでもう過去は振り返りたくありません」

私がきっぱり言うと、母は満足そうに目を細めてうなずいた。しかしそれも一瞬で、今度は苦しげに顔をしかめる。

「でも、私もお父さまも同罪ね。さすがにお相手を赴任先に連れていったり妊娠させたりしたのは知らなかったけど、克己さんに女性の影があるのは気づいていたのだし。結婚までに清算してくれればいいなんて、どうかしてたわ。本当にごめんなさい」

母は改めて深々と頭を下げてくる。

「もう謝らないでください」

「いいえ。本当にごめんなさい。お詫びに鞠花が望むことはなんでもするわ」

母は沈痛の面持ちだ。

「それでしたら、このケーキを食べて笑ってください。これからも私をかわいがってください」

「鞠花……。もちろんよ。ありがとう」

うっすらと涙を浮かべながらも微笑む母は、フォークを手にしてケーキを食べ始めた。

その後は母と一緒に庭を散策して、私はずっとこんな時間を持ちたかったんだなと感じた。

「広夢さん、時々電話をくださるの」

「電話を?」

そんなことはひと言も聞いていないので驚いた。

ただ彼のことだから、私との関係が変わってしまって不安を感じているだろう母に配慮してくれているに違いない。

「鞠花が心配でしょうからって、近況報告。整備士のお仲間によくしていただいているみたいね」

「はい、それはもう」

「鞠花が優しくて頑張り屋だから皆に愛されていますって話してたわよ。妻のことをそんなふうに言える旦那さまって素敵ね」

知らないところでそんな話をされていたなんてくすぐったいけれど、私は大きくうなずいた。

「とっても素敵な方です」

「ふふ。鞠花も素敵な娘よ」

母が穏やかな顔で笑うのがとてもうれしかった。

マンションに戻った頃、広夢さんから【無事に到着】というメッセージと、夕日でオレンジ色に染まる海の写真が送られてきた。

すぐさま電話をかけたらワンコールで出てくれた。

「フライト、お疲れさまでした」

『うん。今日はいい天気で、楽しいフライトになったよ。東京に戻れないのが残念だけど』

「仕方ないですよ」

本当は今すぐ彼に抱きしめてほしい。けれど、ぐっとこらえて明るく話す。

『俺は鞠花に会いたいよ』

「えっ？」

『どこかに飛ぶたび、この景色を鞠花と見たいなと思ってる』

「うれしい」

私も見たいな。彼と同じ時間をもっともっと共有したい。

「実は今日、実家に行ってきて、太田さんと香苗さんの話を聞きました」

『そっか』

この口ぶりでは知っていたようだ。母に電話したときに耳にしたのかもしれない。

「知ってたんですね」

『うん。だけど鞠花にはもう関係ないかなと思って。鞠花は俺が幸せにするし』

「頼もしいです」

彼には、夏目家を丸ごと包んでもらえて感謝しかない。いろいろあった両親と、今でも親子でいられるのは彼のおかげだ。

『鞠花は俺を幸せにしてくれてるじゃないか』

そう言われてハッとした。

私は彼と出会って、信じられないほどのたくさんの喜びや温かな心をもらった。でも、私も彼にそうしたものを与えられているのかな?

「幸せですか?」

『もちろん。早く帰って鞠花の全身に印をつけたいくらい幸せだ』

その表現はどうかと思うけれど、大好きな人を自分が幸せにできていると思えば、笑みがこぼれる。

「早く帰ってきてください」

『抱きつぶしてほしいってこと?』

「そう、かも」

そう答えると、しばらく彼の声が聞こえなくなった。

「広夢さん、聞こえてますか？」

『ほんと、鞠花には降参。そんなかわいい顔して、大胆すぎ。でもそういうところが最高だ』

冗談だったのに。

「さ、さっきのは冗談――」

『俺が帰るまでいい子で待ってて。あー、俺、それまで我慢できるかな』

私の言葉を遮る彼は、悩ましげにつぶやいている。

『鞠花は待てる？』

「待て、ます」

今度は真剣な声で問われて、大真面目に答えてしまった。

『ほんとに最高の女だな。鞠花、愛してる』

彼はいつもこうして言葉に出してくれる。だから私は安心して待っていられるのだ。

「私も、愛してます」

だから同じように声で伝えた。私も彼をもっと幸せにしたい。

電話を切ったあと、暗くなってきた空を見上げて彼の顔を思い浮かべる。

大好きな人との初恋が実り、これほど情熱的に愛してもらえて、しかも私の人生の道筋まで正してくれる。こんな素敵な彼と出会えたのは、きっと奇跡のようなことだ。

苦しい時間が続いた人生だけれど、視界が一気に開けた。

「よし」

私は幸福を噛みしめながらカーテンを閉め、整備の勉強を始めた。

エピローグ

春の香りが漂ってきた三月下旬。ちょうど桜が満開になったその日に、私たちは結婚式を迎えた。

会場は、パイプオルガンが印象的な森の中のかわいらしい教会、『ローズパレス』。

夏目家と岸本家の両親はもちろん、初めて対面した広夢さんの妹さんや、川辺さんに浅沼さん。そして、池尻さんや井上さんをはじめ整備士仲間。広夢さんのよきライバルだというコーパイの月島さんに、なんとあれからすぐに入籍し、私たちより先に式を挙げた島津さんと麻美さんまで出席してくれた式は、感動的なものとなった。

今日の広夢さんは、黒のタキシード姿。背が高く胸板も厚いせいかビシッと決まっていて、見惚《みと》れるほどだ。

私が纏うのは、有名なデザイナーが手がけた上質なサテンのドレス。背中の大きなリボンがとても気に入っている。

荘厳なパイプオルガンの音が響く中、父の手を取りバージンロードを進んでいくと、祭壇で待ち構えていた広夢さんが微笑んでくれた。

緊張の中、式は粛々《しゅくしゅく》と進んでいく。

「新郎、岸本広夢。あなたは夏目鞠花を妻とし、健《すこ》やかなるときも病めるときも、喜びのときも悲しみのときも、これを愛し、敬い、慈しむことを誓いますか？」

牧師さまの声が響いたときには胸がいっぱいで、こんなに幸せでいいのだろうかと怖くなるほどだった。

好きな人と永遠を誓える幸せは、なににも代えがたい。あきらめようとしていた人生を、広夢さんが取り戻してくれた。

「はい、誓います」

広夢さんが張りのある声ではっきり言うと、我慢しきれなくなった感動の涙が頬を伝って下りていく。

「新婦、夏目鞠花。あなたは岸本広夢を夫とし、健やかなるときも病めるときも、喜びのときも悲しみのときも、これを愛し、敬い、慈しむことを誓いますか？」

「はい、誓います」

声が震えてしまったけれど、たまらなく幸せな瞬間だった。

式が滞りなく終わり、フラワーシャワーの中を退場した私たちは、一旦控室に戻った。

広夢さんは私の頬に触れて、柔らかな笑みをこぼす。

「今日の鞠花は、世界で一番きれいだ」

「そんな……」

式の前にドレス姿で会ったときも、目を細めた彼に『こんなきれいな鞠花を、ほかの人に見せたくない』と褒められたのに。

「広夢さんだって素敵です」

「ありがと」

うれしそうに微笑む彼は、私の腰を抱いて口づけを落とした。

「疲れてないか？　披露宴、大丈夫？」

「もちろん大丈夫です」

こんなに幸せなのに、疲れたなんて言ってはいられない。

「うん。なにかあったらすぐに教えて。鞠花は我慢が好きだから」

「広夢さんが自由をくれたから、もう我慢はしません。でも、ひとつ言っておきたいことが……」

「なに？」

彼は深刻そうな顔で私を見つめる。

「あの……ね。実は」

そう言いながら右手をお腹に持っていくと、彼は目を真ん丸に見開いた。

「まさか」

「赤ちゃんが来てくれたみたい」

「ほんとか？」

彼は少し興奮気味に私の肩に手を置く。

「昨日、お休みだったから、病院に行ってきたんです。多分、ハネムーンベビーです」

彼はギリギリまでフライトが入っていて、一緒に病院に行けなかったのだ。

「最高だ！　今日は最高の日だ！」

私を抱きしめる彼が声を震わせるので、胸がいっぱいになる。こんなに喜んでくれる彼とこの子で、新しい未来を築けるなんて感無量だ。

「なんで昨日言わないんだ」

「広夢さん、過保護なんだもん。私の妊娠がわかったら、心配しすぎてソワソワしそうで」

「さすが鞠花だ。俺をよくわかってる」

少し離れて苦笑する彼は、素直に認める。しかしうっすらと瞳が潤んでいた。

「でも、お酒は飲めないから披露宴の前には言っておいたほうがいいかなと思って」

「そうか。……そうか。ここに俺たちの子が」

まるでこれが現実だと確認するように噛みしめながら言う彼は、感慨深げに私のお腹にそっと触れる。

「鞠花。ありがとう。……もう、それしか言えないや」

「私もです。広夢さん、ありがとう」

ありったけの感謝を込めてありがとうの言葉を伝えると、彼はもう一度私を抱き寄せた。

特別書き下ろし番外編

会いたくて触れたくて　Side広夢

桜の枝に若葉が芽吹く五月。

伊丹からのフライトを終えた俺は、十七時頃にオフィスを出た。

「おい、新婚」

背後から話しかけられて足を止める。この声は月島だ。

「お疲れ。これから飛ぶのか？」

「いや、ＬＡから帰ってきたところ」

長距離便だからか、さすがに疲れの色がにじんでいる。月島には師のように仰ぐ機長がいて、その人に鍛えてもらっているといつも話す。おそらく一緒だったのだろう。

「そうか。疲れただろ」

「まあね」

俺たちは肩を並べて歩き始めた。

「彼女は元気？」

「おう。初級整備士の試験に合格して、ますます張り切ってる」

鞠花は先日あった試験でトップの成績を収めた。夫として鼻が高くて仕方がなかったが、井上に『夏目の手柄で、お前はまったく関係ないな』と正論を吐かれて苦笑したばかりだ。

「やるな。だからお前も元気なのか」

「そうかもな。でも、ちょっと心配なんだ。整備士って勤務も不規則だし、結構過酷だから」

本音がこぼれたのは、月島が信頼できる友人だからだ。

「ドックに異動したんだっけ？」

「そう。ちょうど配置換えの時期だったし、妊婦を雨風にさらすのはまずいと配慮してもらえたんだ」

とはいえ、ドック整備が楽なわけではなく、格納庫内で仕事ができるというだけだ。

幸いつわりはひどくないようだが疲れやすいようで、気が気でない。

「お前の心配はわからないでもない。だけど、辞めたくないんだよな」

「そう。俺も続けてほしい。力仕事は免除してもらえてるけど、心配なんだ」

この矛盾した気持ちを持て余していて、最近はハラハラしている。

「まあ、お前がしっかり支えるしかないよな。でもなぁ、岸本が父親になるって」

月島は口元を押さえて笑っている。

「失礼な。ま、俺もそう思うけど」

自分が父親になるなんて、正直言ってまだ信じられない。けれども、もちろん全力で鞠花を支えるつもりだ。

「あっ……」

そんな話をしていると、視線の先に淡いブルーのふんわりとしたワンピースを纏った鞠花の姿があり、思わず声をあげた。

彼女は今日は夜勤明けで、午後から健診があると言っていたのにどうしたのだろう。

途端に緊張が走る。

「鞠花！」

月島は放置して彼女のところに駆けつけたが、特に深刻な顔もしていない。

「お疲れさまでした。お買い物してたら遅くなってしまって。一緒に帰ろうかなって」

「よかった。なにかあったかと心配したよ」

俺たちが話していると、追いついた月島がクスッと笑みをこぼす。過保護だと笑っているに違いない。

「お久しぶりです」

「月島さん、お疲れさまです」

仕方ないとわかっていても、鞠花が月島に笑顔を振りまくのが気に食わない。その笑顔は俺のものだ。

「挨拶しただけだろ」

月島は鋭い洞察力を発揮して、俺の不機嫌を見抜く。しかし鞠花にはわからなかったらしく、首を傾げていた。

嫉妬まみれの余裕のない男なんて、かっこ悪すぎる。そのまま気づかないでいてほしい。

「俺はこれで。あっ、岸本はこき使えばいいですからね。鞠花さんが言うことなら、お手でもなんでもしますから」

「月島！」

あながち間違っていないだけに、眉間にしわが寄る。彼女のためならできないことなどひとつもない。

「それじゃまた」

月島は軽く手をあげて去っていった。

「お手？」

「アイツの言うことは忘れて。それより、健診どうだった？」

俺は鞠花の下げていた紙袋を奪い、腰に手を当てて歩くように促した。

「順調ですって。次の健診で男の子か女の子かわかるかもしれないけど、聞きますか？って先生が」

「もうわかるのか」

たしかまだ、百グラムくらいのはずなのに。

「不思議ですよね」

彼女は自然な動作でお腹に手をやり、優しく微笑む。その表情に母性があふれていて感動的だ。

「どうしよう。生まれてくるまでのお楽しみでもいいような気がするけど、聞いたほうがいろいろ準備しやすいか」

「準備は聞かなくても……」

彼女はそう言いながら俺が持った紙袋に視線を移す。

「なに買ってきたんだ？」

「ごめんなさい。かわいくていっぱい買ってしまいました」

紙袋をのぞくとベビー服が何枚も入っている。箱入りで育ったくせに倹約家の鞠花は、一緒に買い物に行ってもデザートをねだるくらい。それなのに珍しく大量に買い込んでいた。

「構わないよ。俺も買いそうだ」

ふたりで行ったら、もっと荷物が増えること間違いなしだ。

「それじゃあ、聞かないでおく？」

「そうですね。どっちでも元気に生まれてきてくれたらうれしいです」

声を弾ませる鞠花の腰を抱き、幸せに浸った。

「食事して帰ろうか」

「今日はもう準備してあるんです」

夜勤明けで家に帰り、午後から健診だったのに、無理してないだろうか。

「料理は手を抜いていいぞ。食べに行けばいいんだし」

頑張りすぎる彼女が心配でそう言うと、彼女は首を横に振る。

「今日はどうしても作りたかったの」

「どうして？」

「……最近、ずっとすれ違ってたから。実は早く会いたくて、来ちゃいました」

そうか。ここのところ休みが合わないどころか、俺が帰宅できる日は鞠花が夜勤でいなかったりして、半月ほど同じベッドで寝ていない。

迎えに来た本当の理由を明かす彼女は照れくさそうにしているけれど、俺は気持ちが高ぶっていく。

「ヤバいな」

立ち止まってそう漏らすと、彼女は不思議そうに俺を見る。

「なに、が?」

「今すぐキスしたい。それも濃厚なやつ」

ストレートすぎる気持ちをぶつけると、鞠花は目を真ん丸にして固まった。

「すぐ帰ろう」

瞬きを繰り返す鞠花の手を引き、足早にタクシー乗り場に向かう。

「えっ、タクシー?」

「妊婦に負担は禁物だ」

俺のために料理を作ってくれたのなら、あまり眠れていないはず。少しでも負担を減らしたい。

「過保護ですよ」

「こんなにかわいい奥さんがいては、過保護にもなるだろ」

俺にできることなんて知れているのだから、過保護になるくらいは許してくれ。

「そ、それじゃあ、素敵な旦那さまに甘えます」

鞠花は真っ赤になりながら、ボソッとつぶやいた。

まったく。どれだけ俺を煽るんだ。本当にキスするぞ？

家の玄関に足を踏み入れた瞬間、鞠花の腰を引き寄せて口づけを交わす。触れるだけでは飽き足らず激しく口内を犯してしまった。

「はっ」

こんなに色香を纏った顔をしているくせして、相変わらず息継ぎが下手な鞠花は、唇を解放すると大きく息を吸う。

「広夢、さん……」

ちょっと激しすぎたのか、彼女は俺の腕の中で脱力した。

それからしばらく抱き合っていた。そうしているだけで幸せだったのだ。

少し離れた鞠花は、俺を見上げて照れくさそうに微笑む。

「広夢さんとこうしているの、好き」

鞠花も同じ気持ちだとは。

しかし恥ずかしそうな顔をしているくせして、やっぱり大胆な発言だ。

「俺も好き。鞠花に触れているだけでしびれる」

夫婦になっても、一般的な家庭より一緒にいられる時間が少ない。鞠花不足なのだ、きっと。

俺は鞠花の頬を両手で包み、額にもキスをした。

「お食事にしますね」

「うん。着替えてくる」

着替えのほんのわずかな間でも離れがたいが、さすがに我慢だ。

手早く着替えてリビングに行き、テーブルに並んだちょっと豪華な料理に驚きながら席に着く。メインはメバルのアクアパッツァだ。

鞠花は料理がとてもうまい。どうやらそれも花嫁修業と称して習わされたようだが、『役に立ってよかった』と笑えるくらい心は回復している。

「こんなにたくさん、大変だっただろ」

ほかには、チーズとサーモンのブルスケッタ、ほうれん草のキッシュ、海老とトマトのパスタ、そして俺の好きな豆腐サラダ。手作りドレッシングが最高においしくて、いつもペロリと平らげる。

「実はまだあるんです」

弾けた笑みを見せる鞠花は、フライドチキンまで持ってきて対面の席に座った。

「すごいな」

「ちょっと張り切っちゃった」

無邪気な彼女は、ペロッと舌を出す。

「そんなに俺に会いたかった？」

ちょっとした冗談のつもりだったのに、彼女は恥ずかしそうに目を泳がせたあと、なんと大きくうなずいた。

「会いた……かった」

そして可憐な唇から紡がれた言葉に、ノックアウトされた気分だ。

俺はすぐさま立ち上がり、鞠花の隣に行って抱きしめる。

「俺も。会いたくて触れたくて……。離れるとよくわかるな。鞠花の存在の大きさ」

フライトを終えると、真っ先に浮かぶのは彼女の笑顔。どうしているのかと思いを馳せるのは、もう日課になっている。

「鞠花」

手の力を緩めて顔をのぞき込むと、案の定頬を赤く染めていた。

日を追うごとに、〝好き〟が増す。こんなふうに思わせてくれる女に出会えたのは、俺の人生で一番幸福な出来事だったのではないかとさえ思う。

「大好きだよ」

「私も」

はにかみながら答える鞠花をもう一度抱きしめて温もりを貪る。

「今日は思いきり甘やかしたい気分なんだけど、どう？」

「……お願い、します」

「よし。まずはここ」

俺は鞠花を一旦立たせてイスに座り、膝の上を叩いた。

「お食事冷めますよ」

「だから、一緒に食べるんだ」

休日はよくこうして膝の上に彼女を抱いて他愛ない会話を楽しむ。しかしさすがに食事の時間は初めてだ。

「でも、こぼれます」

「少しだけ。なあ、嫌？」

こんな甘えた声、ほかの誰にも聞かれたくない。でも鞠花の前では自然とあふれてくる。

肯定の返事をしているのに、照れているのか視線を合わせてくれない。

「嫌、じゃないです」

「それじゃ──」

「キャッ」

もじもじしたままの彼女の腕を引き、膝の上に横向きに座らせた。

あんなに大きなタイヤを交換しているとは思えないほど小柄な彼女は、俺の腕の中にすっぽり納まってしまう。

「食べさせてやる。まずはなにがいい？」

「フライドチキン」

小声で答える彼女のうなじがみるみるうちに赤みを帯びてきて、チキンではなく首筋にかぶりつきたい。

「それじゃあ、口開けて」

チキンを手にしてそう言うと、彼女はおずおずと唇を開いた。そしてチキンをかじろうとしたそのとき、チキンを持つ手を引いて、彼女の唇にキスを落とす。

「ち、ちょっ……」

「鞠花が悪いぞ」

「なんで？」

「今の顔、最高にエロかったから」

まあ、どんなときでもなにをしてても、鞠花には欲情するんだけど。

「な、なに言って……」

途端にしどろもどろになる鞠花は、今度は自分でチキンを手にした。

「次は広夢さんの番です」

「おっ、キスしてくれるの？」

そんなふうに茶化したのに……。

「負けないんだから」

沸騰しそうなほど顔を赤くした鞠花はそうつぶやくと、チキンは皿に戻してほとんど勢いで唇を重ねる。最初はムードもへったくれもないキスだったのに、俺の首に手を回した彼女が舌で唇を割って入ってくるので驚いた。

恥ずかしがり屋の彼女が、こんなふうに自分から舌を絡めてきたのは初めてだったのだ。

「ん……」

しかも鼻から抜ける甘いため息まで聞こえてきて、冷静ではいられない。

それからは形勢逆転。鞠花の後頭部をしっかり抱いて、夢中で舌を絡め合った。

たっぷり甘い唇を堪能したあと離れると、肩で大きく息をする彼女が胸に飛び込んでくる。

「もう、降参。鞠花には敵わない」

彼女らしからぬ大胆で突拍子もない言動は、いつだって俺を惑わす。けれど一生振り回されていたい。

「……激しくしなければ大丈夫だって」

「ん？　なにが？」

「その……産婦人科のお医者さまが……」

まさか、セックスの話？

……だろうな。官能的なキスにばっちり反応しているのに気づいているだろうから。

それにつわりはひどくなかったとはいえ気だるそうだったし、お腹の子への影響が心配で、妊娠が発覚してから我慢していたのを気にしているのかもしれない。

「鞠花は嫌じゃない？」

俺の欲望を満たすためにと思っているなら申し訳ない。なによりもまず鞠花の気持ちと体調だ。

「……いっぱい、愛してほしい、です」

照れくさいのか俺の胸に顔をうずめたままささやく鞠花のせいで、理性が飛んでいくのが見える。

いや、がっつくな。優しくだ。

高ぶる気持ちを落ちつけるため必死に自分に言い聞かせるも体は正直で、完全に戦闘態勢が整った。でも、必死に平静を装う。

「もちろんだ。それじゃあ、まずはたっぷり食べて腹ごしらえしよう」

しまった。膝に抱いたりするんじゃなかった。こんなにおいしそうな料理を前にしても、頭の中がこのあとのことでいっぱいだ。

「最低だな、俺」

「ん？」

「なんでもない。今度こそチキン」

もう一度仕切り直してチキンを口の前に持っていくと、鞠花ははにかみながらパクッとかじりついた。

純粋無垢な彼女に、もっとしっかり教えておくべきだった。男は煩悩《ぼんのう》だらけの生き物だということを。

「広夢さんもどうぞ」

「うん、サンキュ」

とはいえ、こういうスキンシップも悪くない。

俺は大きな口でチキンを頬張りながら、愛する人との幸せを噛みしめた。

END

あとがき

二度目ましてのFJA航空。やっぱり岸本がヒーローでした。が……親友でありライバルの月島のお話のときはすでに既婚者&パパだったんです。ちなみに、月島の物語は『敏腕パイロットとの偽装結婚はあきれるほど甘くて癖になる』になります。井上にも運命の赤い糸がありますように。

実は敏腕パイロット〜を書く際、ヒロインを整備士にしたくていろいろ調べていました。でも、どうしてもわからないことがあり断念。その後、資料集めを続けてようやく書くことができました。現役整備士の方が書いた整備についての本が、すごく興味深くて面白いのですが、三分の二くらいは理解できない。いや、四分の三かも。物理の世界なのは知っていましたが、わかりやすく書いてあるはずなのに難しすぎて、それらをすべて理解している整備士さんのすごさに唸りました。

このあとがきを書く数日前。ネットのニュースに、「どうしたらパイロットになれますか」という幼い男の子からの質問に手紙で答えたパイロットさんのお話が載っていました。ふたりは手紙やメールで交流を続け、なんとその男の子は、航空大学校に進学し、エアラインに内定してパイロットへの道を歩きだされたそうです。とっても素敵なお話ですよね。夢を追いかけるのはときにしんどいのですが、あきらめずに努力し続けた彼に脱帽です。そして一通の手紙から彼を支えたパイロットさんも優しい方ですね。それを読んだ私、「医学部に行きたい」と漏らしたら、息子に「あきらめろ」と鼻で笑われました。ええ、来世で頑張ります。

さて、この作品では〝自分の人生は自分のもの〟ということを書いてきましたが、私も親の立場としては、子供に期待をかけたり、その道は選ばないほうが……と口を挟んでしまったりすることが多々あります。ただ、アドバイスはしても、やはり最終的な決断は本人がすべきかなと。作中にも出てきましたが、自分で決めたことは踏張れるんです。その結果、歩いた先が理想の未来とは違っていても、納得できるような気がします。がっかりはするかもしれませんが、世の中、理想通りの人生を歩んでいる人なんてひと握り。そう思えば、肩の荷も下りるのではないでしょうか。と、自分にもそう言い聞かせています。子育て、難しいですね。

それでは、次作でもお会いできますように。

佐倉《さくら》伊織《いおり》

佐倉伊織先生への
ファンレターのあて先

〒104-0031
東京都中央区京橋1-3-1
八重洲口大栄ビル7F
スターツ出版株式会社　書籍編集部　気付

佐倉伊織先生

本書へのご意見をお聞かせください

お買い上げいただき、ありがとうございます。
今後の編集の参考にさせていただきますので、
アンケートにお答えいただければ幸いです。

下記URLまたはQRコードから
アンケートページへお入りください。
https://www.berrys-cafe.jp/static/etc/bb

極上パイロットはあふれる激情で新妻を愛し貫く
～お前のすべてが愛おしい～

2023年1月10日　初版第1刷発行

著　者　佐倉伊織
©Iori Sakura 2023

発行人　菊地修一
デザイン　hive & co.,ltd.
校　正　株式会社鷗来堂
編集協力　妹尾香雪
編　集　須藤典子
発行所　スターツ出版株式会社
〒104-0031
東京都中央区京橋1-3-1　八重洲口大栄ビル7F
TEL　出版マーケティンググループ　03-6202-0386
(ご注文等に関するお問い合わせ)
URL　https://starts-pub.jp/
印刷所　大日本印刷株式会社

Printed in Japan

乱丁・落丁などの不良品はお取替えいたします。
上記出版マーケティンググループまでお問い合わせください。
定価はカバーに記載されています。

ISBN 978-4-8137-1375-3　C0193

ベリーズ文庫 2023年1月発売

『気高きホテル王は最上愛でママとベビーを絡めとる【極上四天王シリーズ】』 紅《くれない》カオル・著

OLの美織は海外旅行中に現地で働く史哉と出会い付き合うことに。帰国後も愛を深めていき美織の妊娠が発覚した矢先、彼は高級ホテルの御曹司であり自分との関係は遊びだと知り彼に別れを告げる。ところが、一人で子供を産み育てていたある日、偶然再会してしまい!? なぜか変わらぬ愛を注がれて…。

ISBN 978-4-8137-1374-6／定価737円（本体670円＋税10%）

『極上パイロットはあふれる激情で新妻を愛し貫く～お前のすべてが愛おしい～』 佐倉伊織《さくらいおり》・著

機械いじりが大好きで、新人整備士として奮闘する鞠花。ある日、大学時代の憧れの先輩でエリートパイロットの岸本と急接近！ 彼と過ごすうち想いはどんどん膨らんでいくも、実は鞠花には親が決めた婚約者が。それを知った岸本は「俺にお前を守らせてくれ」――鞠花に突如プロポーズしてきて…!?

ISBN 978-4-8137-1375-3／定価737円（本体670円＋税10%）

『一生、俺のそばにいて～エリート御曹司が余命宣告された幼なじみを世界一幸せな花嫁にするまで～』 滝井《たきい》みらん・著

璃子は18年間、幼馴染の御曹司・匡に片思い中。だけど、彼にとって自分は妹的存在であるため告白できないでいた。ところがある日、余命半年の難病であることが発覚。最後は大好きな彼と一緒に過ごしたい――と彼の家へ押しかけ同居スタート。璃子の我儘を何倍もの愛情で返してくる彼に想いが溢れて…。

ISBN 978-4-8137-1376-0／定価737円（本体670円＋税10%）

『怜悧な外交官が溺甘パパになって、一生分の愛で包み込まれました』 蓮美《はすみ》ちま・著

親友の勧めで婚活パーティへ参加した沙綾は、大学時代の先輩・拓海と再会。外交官の彼に提案されたのは、ドイツ赴任中の三年限定で妻を務めることだった。愛なき契約結婚のはずが、夜ごと熱情を注がれご懐妊！ しかし、ある事情から沙綾は単身で帰国することになり、二人は引き裂かれそうになって…!?

ISBN 978-4-8137-1377-7／定価726円（本体660円＋税10%）

『溺愛前提、俺様ドクターは純真秘書を捕らえ娶る』 未華空央《みはなそらお》・著

総合病院で院長を務める晃汰の秘書として働く千尋は、病に倒れた母を安心させるためにお見合い結婚を決意。すると、跡継ぎを求めている晃汰に「好きでもない相手と結婚するくらいなら俺の妻になれ」と強引に娶られてしまい!? 始まった新婚生活は予想外に甘く、彼の溺愛猛攻に千尋は蕩け尽くして…。

ISBN 978-4-8137-1378-4／定価726円（本体660円＋税10%）

ベリーズ文庫 2023年1月発売

『離婚予定の契約妻ですが、クールな御曹司に溺愛されて極甘懐妊しました』 森野《もりの》りも・著

地味OLの純玲はプロポーズまでされていた彼氏の浮気現場を目撃してしまう。どん底な気分の時、初恋の相手である御曹司の泰雅と会うことに。親に心配をかけたくないと話すと、期限付きの契約結婚を提案される。戸惑うも、利害の一致から結婚を決意。離婚前提のはずが、彼に愛を刻まれ妊娠して…⁉

ISBN 978-4-8137-1379-1／定価726円（本体660円＋税10%）

『精霊に愛されすぎた腹ペコ聖女、追放されたけど隣国王太子に溺愛されて幸せいっぱいです』 やきいもほくほく・著

精霊に愛されている聖女・オフィーリアは、“食べ過ぎ”を理由に王太子から婚約破棄されてしまう！　森に捨てられて空腹で意識を失っていたら、隣国王子・リーヴァイに拾われて…。大盛りの料理とたっぷりの愛で満たされていくオフィーリア。母国からついてきた大量の精霊達によって、聖女の力が覚醒し…⁉

ISBN 978-4-8137-1380-7／定価726円（本体660円＋税10%）

ベリーズ文庫 2023年2月発売予定

Now Printing

『姉の元婚約者(自称『訳アリ事故物件』)から蕩けるほど溺愛されています』 あさぎ千夜春《ちよはる》・著

御曹司・白臣との結婚から姉が逃げたことをきっかけに、家が没落した元令嬢の夏帆。奨学金をもらいながら大学に通っていると、7年ぶりに白臣が現れ、なんと夏帆に結婚を申し出て…!? 戸惑いつつもとんとん拍子で結婚が決まり同居がスタート。大人な彼にたっぷり甘やかされ、ウブな夏帆は陥落寸前で…!?

ISBN 978-4-8137-1388-3／予価660円（本体600円＋税10%）

Now Printing

『新妻盲愛～堅物警視正が秘める仮面夫婦事情』 水守恵蓮《みずもりえれん》・著

日本の警察界のトップを歴任してきた名門一族出身の瀬名奎吾と政略結婚した凛花。いざ迎えた初夜、ずっと好きだった相手に組み敷かれるも、ウブな凛花の態度に奎吾は拒否されていると思い込んでしまう。互いに強く想い合うあまりすれ違いが重なり――。そんな時、凛花が事件に巻き込まれて…!?

ISBN 978-4-8137-1389-0／予価660円（本体600円＋税10%）

Now Printing

『タイトル未定（航空自衛官）』 晴日青《はるひあお》・著

ウブなOLの実結は、兄から見目麗しく紳士的な男性を紹介される。航空自衛官だという彼とのデートにときめいていると、実は彼の正体は幼馴染で実結の初恋の相手・篠だった！　からかわれていたと思い怒る実結に「いい加減俺のものにしたい」――篠は瞳に熱情をにじませながら結婚を迫ってきて…!?

ISBN 978-4-8137-1390-6／予価660円（本体600円＋税10%）

Now Printing

『エリート弁護士は懐妊妻を一途に想う』 美希《みき》みなみ・著

祖父から嫁ぐよう強制された天音は、大企業の御曹司で弁護士としても活躍する悠希と離婚前提の政略結婚をすることに。「人を愛さない」と冷たく言い放つ彼だったが、一緒に暮らし始めると少しずつ距離が縮まっていき…。言葉とは裏腹に悠希に甘く翻弄されていく天音。やがて、赤ちゃんを身ごもって!?

ISBN 978-4-8137-1391-3／予価660円（本体600円＋税10%）

Now Printing

『エリート外交官の周到な契約結婚』 きたみまゆ・著

恋人に裏切られ仕事も失った日菜子。失意の中雨に打たれていると、兄の友人である外交官・亮一と偶然再会し契約結婚を持ち掛けられる。利害が一致し、期間限定の夫婦生活がスタート。2年後には離婚するはずだったのに、ある夜、情欲を滾らせた亮一に激しく抱かれた日菜子は、彼の子を妊娠してしまい…。

ISBN 978-4-8137-1392-0／予価660円（本体600円＋税10%）

タイトル、価格等は変更になることがございますのでご了承ください。

ベリーズ文庫 2023年2月発売予定

Now Printing

『悪役令嬢なので身を引くつもりが、婚約者の愛を引き寄せました』 吉《よし》澤《ざわ》紗《さ》矢《や》・著

平民だった前世の記憶を思い出した公爵令嬢のベアトリス。今までの自分の横暴により婚約者の王太子・ユリアンに嫌われていると気づく。このままじゃ追放されちゃう――と焦ったベアトリスは、地味に暮らして穏便に婚約解消されるのを待つことを決意！　なのに、なぜか彼からの溺愛猛攻が始まって!?

ISBN 978-4-8137-1393-7／予価660円（本体600円＋税10%）

タイトル、価格等は変更になることがございますのでご了承ください。